裘山山 著

路遇见路

北京出版集团
北京十月文艺出版社

目录

1 航班延误
41 路遇见路
79 夜行车
107 一路平安
133 我只见过他两次
157 金　牙
181 青椒肉丝
207 事情不是这样的
237 调整呼吸
271 主人不在家
297 一刹那
325 听一个未亡人讲述

航班延误

空姐把我引到座位旁，帮我把箱子放进上方的行李柜，然后微笑着示意我在第二排靠窗的位置坐下，座位上已经摆好了靠垫和毛毯，前方插袋还有一双拖鞋。虽说我已经不是第一次坐头等舱了，心里依然有点儿受宠若惊的不适感。

刚坐下邻座就来了，一个五十来岁的男人，他把手里的一瓶水和手机往座位上一扔，举起背囊搁进行李柜，然后一屁股坐下，动作幅度很大，登机牌一下掉到了我的脚下。我捡起来递给他，他"哦"了一声，随即往前面袋子里 塞。我一眼瞟到登机牌上的名字：平常。有意思，这个人居然叫平常。

很快，一股酒味儿飘过来，很难闻。运气不好，居然遇到一个酒徒，我还以为头等舱都坐着彬彬有礼的绅士呢。我扭头看窗外，天空正下着细雨，是本城很常见的那种毛毛细雨，湿度很大。

空姐送来托盘，上有一杯水和一条湿毛巾。这位叫平常的，拿起毛巾就盖在脸上，几秒钟后，上下左右地一阵猛擦，之后咕噜咕噜地把水喝光，再之后，抽出前面插袋里的拖鞋换上。从一整套顺溜不打滑的动作来看，他显然是头等舱的常客了。

我也用湿毛巾擦了手，也喝了水。但我没换拖鞋，不是怕自己脚臭，而是觉得不过就三个小时，何必浪费一双拖鞋。我们这代人，节俭已渗入骨髓。

舱门关了，嘈杂声渐渐消退。但这位平常先生还在讲电话，而且声音很大，是地道的四川话：上飞机了上飞机了。谢谢哈，今天简直喝好了！兄弟的情义我是记在心头的，二天有机会一定报答……要得要得，等我回来我们又喝哈，我还有两瓶十年前的五粮液，真资格的哟。哈哈哈……

我忍不住皱眉。幸好空姐走过来了，示意他关机，系好安全带。他终于结束了通话，关了手机，往前面插袋里一扔。然后取出报纸，翻得哗啦哗啦响。能看报就好，我稍感心安，我真担心他一直亢奋着。

我很疲倦，昨夜没睡好，上午又急着去托管家里的小狗小猫。一离开就是三四天，只能去托管了。但心不定无法入睡。我也拿起报纸打发时间，我略过前两版，直接看社会新闻。但还是看不进去。

飞机迟迟没动静，一直在原地待着，连引擎声都没有。这么小的雨，不至于影响飞行吧？过了一会儿机上广播说，我们很抱歉地通知大家，由于航空管制，本次航班起飞时间待定。

完了，航班延误。运气真不好。我看了下时间，两点半了，我们的航班本该一点五十分起飞的。看样子起码得延误一小时。胡阿姨和思齐该着急了，说好今天晚上我和他们一家人吃饭的。

又过了半个小时，飞机还是不动，已经三点了，机舱里开始出现烦躁的情绪，我也焦虑起来，报纸已经翻完，我也没带其他书。即使有书，烦心的时候也看不进去呀。如果是在候机厅等待，还可以走动走动，去买本书什么的，可是关在这狭窄的机舱里等，真是熬人。我一会儿看看舷窗外，一会儿看看机舱内，一会儿拿出手机，准备重新打开，给思齐发条短信，告诉她飞机晚点了。

忽然，那位在胡乱翻看报纸的平常说，大姐不要捉急。

我有点儿窘。照理说我应该更沉得住气才是。我掩饰说，我倒没什么，主要是接我的人会着急的。

他说，有人为你捉急是你的福气。他把报纸往前一塞，气定神闲地说，再晚也晚不到哪儿去屾。你想嘛，明天你们总要在一起吃饭的屾，对不对？一想到这个你心里就可以踏实了屾，又不是苦海无边。

他一口一个“屾”，川音浓重。

我忍不住说，你这个口气，简直像个七八十岁的老人家。

他笑了，坐直了身子，凑过来小声说，因为我才从里面出来。

我怀疑自己听错了，愣在那儿。于是他重复了一遍，我才从里面出来。这回还配上了十分诡异的笑容。

我不说话了。无论如何，我也想不到自己身边会坐着一个“才从里面出来”的人。难怪喝酒，是不是庆祝出狱啊，刚才他讲电话的那一端，会不会是狱友啊？航班还偏偏晚点。这下够受了。

他显然看出我的心思了，笑道：大姐，不是你想的那样，我是做生意栽了，被打倒了，自己关了自己一段时间。真的，我没进那里面，我是进山里躲了一段时间。但是和坐牢也差不多屾。

我还是不能释然，进山躲了起来？是被通缉了吗？

他打开自己带来的那瓶矿泉水，喝光，酒气依然在我们之间缭绕。他抹抹嘴巴说，大姐你猜我有好大？

初见他时我觉得他五十多了，现在认真看了一眼发现有误差。虽然他头发花白，面容憔悴，但以我阅人的经验，他应该不到五十岁，这和白发皱纹都没关系，他的整张脸还没有被地球吸引力拽垮。

我说，你是七〇后吧。

大姐，你好厉害。他惊叹地朝我伸出大拇指：我是七一年的。但是我这个样子，是不是像六一年的？昨天有个娃娃喊我爷爷。

我笑了，心想还好往后靠了靠。他这副样子说六〇后绝对有人信，喊爷爷也没问题。比起同样是七〇后的思齐，那可是差太远了。

但他有些不服地说，如果你去年看到我我还不是这个样子。主要是这年把太受罪了，一下整老了。大姐，反正等起很无聊，我给你讲哈我的故事嘛，有点儿传奇哟。

我没吭声，感觉他有点儿唐突。不过我也知道，喝酒喝多了的人，要么倒头睡，要么就控制不住想说话。我曾经半夜三更的，接到过朋友酒后打来的电话，兴奋莫名，却不知要说什么。

果然他说，中午，就是上飞机前，我前妻和她老公请我吃饭，我一高兴就喝了半斤，可能都不止，估计有八两。那个兄弟太会劝酒了，我招架不住。不好意思哈，酒后可能有点儿冒昧。不过你这个大姐一看就是个好脾气的人，肯定可以理解嘛。

我心想，我不理解咋办，又没处跑，我是个被安全带拴在椅子上的听众。不过，他前妻？前妻和她老公请他吃饭？我有一点好奇了。

他一直朝向我，完全不知道自己一嘴酒气会冲过来：我跟你说，我前妻还是很够意思的，就是娃儿他妈，在我最惨的时候帮了我一把，不然的话，我现在还出不来。

我突然有点儿想听他讲了。是吗？我这么应了一句，意思是说，那就讲来听听吧。

他真的就讲了起来。

我原来是个很平常的人，我名字就叫平常嘛。长相普通，个子中等，丝毫不引人注意。所以我不说，哪个都看不出我经历过那些事。有个算命先生说我一生平稳，小富即安。嘿嘿。

我不知道我老汉儿（四川话，父亲）为啥子给我取名平常，他自己叫平全顺，我两个姐姐，一个叫平红果，一个叫平红霞，凭什么轮到我就这么随便呢？我问他，他老人家很有城府地说，我好不容易盼来个儿，多少人盯着看，如果我取个平光宗平耀祖，那些人肯定要撇嘴巴说，当真是没见过儿哦。不得了了。所以呢，我一定要淡定。

好嘛，淡定。我老汉儿的观点对我还是产生了很大影响，我一直就不显山不露水的，读书中等，找对象中等，还不如我两个姐。我大姐嫁给了军官，二姐嫁给了县里的公务员，在外人面前提起来还是脸上有光的шан，就我一直默默无闻。

我十九岁中专毕业后，亲戚介绍，在县邮局找了个工作，虽然一个月就几百块钱，也比在家种地强多了，而且，也是可以让父母在外人面前说道说道了。接下来我把婚结了，我老婆比我还平常，既不漂亮，又没什么文化，但是老实厚道，脾气也好。

我在单位上属于哪个都可以使唤的，有一天，一个破差事大家都不想去，就派给我了。就是去成都送个邮件，送到火车站就返回。

我坐火车到成都北站后，完成了差事，距离返回的火车还有两个小时的时间，我就在火车站广场溜达。这个时候有人靠近我说，

“小伙子买一张嘛，好看得很。我绝对不骗你”。那人拿了张光碟，朝我挤眉弄眼的。我那个时候好单纯哦，从没看过光碟，更不晓得黄碟，从来不晓得那薄薄的一片东西里有一堆丰乳肥臀。（我笑了，他这个表达还挺准确。）

我虽然没看过光盘，但我很好奇，为什么小贩说“你看了肯定还要找我买”。我就递了支烟给小贩，和他聊。聊了几句后小贩说，我看你这个兄弟是个做生意的料，你来和我一起做嘛，我可以拿到很多货，根本卖不赢。

我在一瞬间决定，丢掉铁饭碗，加入小贩。回家后，我让老婆带着几个月的儿回村里和爹妈住，自己卷起铺盖卷就到了省城。头一个月，我拜小贩为师，和他一起干。我帮他设计广告词，改进取货拿货的方式，除了电影电视剧，我还喊他进了很多歌碟，港台的，也有欧美的。我还建议他把价格搞灵活些，多买的就便宜些，有时候还赠送那些滞销的……

每天晚上我都熬夜看碟，第二天一边卖一边给顾客介绍故事梗概，专讲刺激的。如果遇到看上去有文化的买主，就介绍哪个片子得过什么大奖。生意太好了，每天可以有上百元的收入，除去给师傅“纳税”，我自己也可以得七八十元。第二个月我就离开师傅单干了，我直接进货，直接销售，并且扩大市场，进城销售。

我一个农村娃，吃苦是没问题的。我不租房子，夜里睡澡堂或者茶铺的长椅，整个家当就是两个行囊，一个装碟，一个装换洗衣服。挣的钱全部都用来进货。半年后我买了辆二手三轮车，推着车卖，车上支了四根竹竿，丁零当啷挂满了热播的海外剧港台剧国产剧，下面的纸盒里，就藏着那些不能公开的黄碟。我一眼就能分辨出哪些人是需要黄碟的，哪些人是追热播剧的。

一边听他讲，我脑海里一边浮现出那些场景。那是我熟悉的场景。

曾经有一段时间，我们家菜市场旁边就有辆三轮车卖光碟，我去买菜，总会顺便买个两张。花个一二十块钱就行，有时是热播剧，有时是电影。我那时偏好侦探片和谍战片，常常还没走近，小贩就冲我说，嘿，有谍战片哦！

看来那个小贩和眼前的平常是一个队伍的。

我们的很多经典电影，就是以这种方式看的——那时我还有个“们”。从八十年代末开始，最先开始是录像带，托出国回来的朋友买了个录像机，到处去翻录电影，效果很差，但也如饥似渴的。很快VCD出现了，光盘出现了，我们就到处买碟。再很快，DVD出现了，压缩版出现了，一张光碟可以放十几集电视剧。更新真的是非常快。

这些年网络普及，光盘不知不觉悄无声息地就隐退了。

平常还在讲：后来市场上开始打击盗版碟了，街上经常有城管来抓。我不敢上街了，就租了个一室一厅，很老旧的房子。我在角落放了张单人床，一张桌子，其余全部用来堆碟子，一箱一箱的。然后买了个便宜手机，把号码和地址印在名片上，四处散发。每天都有人到我那个黑乎乎的屋子里来“淘碟”，也有人先打电话来预约某某片子，我找到后他们就来买。生意火爆到我都没法出门，一天到晚吃泡面。对了，我在名片上给自己取的名字是老常。

不管有好辛苦，每天夜里数钱的时候，心情那个爽，不摆了。

我的存款马上到了一百万，那是一九九八年哦，我记得很清楚，香港回归一周年。我那年才二十七岁。二十年前的事了。

二十年前我在干吗？我又开始由彼及己。

比较确定的是，那时我已经从科室到了院办，当主任了。一个月加上奖金，也不过三千来块钱。至于存款，好像就三五万。有个刚上初中的儿子，还有年迈的父母，过得很辛苦。

而我身边这个比我小十几岁的人，在那时候已经发财了。当然，不只是他，思齐那个时候也很厉害了。或者说，比他还厉害。

人发财总是有道理的。身边这个，是很会做生意，思齐呢，是去美国拿了金融管理的博士学位。

这时，机舱内忽然响起广播，飞机马上要起飞了。空姐开始穿梭在客舱内，检查安全带，检查手机是否关闭。引擎轰鸣，飞机马上要张开翅膀了。

我很高兴，终于要飞了。看看表，已经三点半了，推迟了一个多小时呢。虽然这个人的故事好听，但我毕竟不是来听故事的，我是来赶飞机的。我还是希望飞机赶紧起飞，然后睡上一觉，到了那边，才有精力应付要应付的事。

但是平常正讲在兴头上，有点儿刹不住车。即使在我们的飞机爬高、我有点儿耳鸣的时候，他的声音依然响在耳边。我只好似睡非睡的，继续听他讲。

飞机很快升上了万米高空，把平常的故事也带入了云端。

卖碟挣到百万时，我决定转向。毕竟是偷偷摸摸卖盗版，随时可能翻船。我便宜处理了剩下的碟子，开始卖墨镜，就是太阳镜。

我跑到广州去进了很多墨镜，都是些假名牌，那个时候市场很松，我也是浑水摸鱼。我还用那辆三轮车，每天在一个比较固定的街角，戴红袖套的人来了，我迅速地塞点钱给他们，他们就睁只眼闭只眼。生意也很不错。

但是半年后，墨镜也烂大街了，到处都是卖墨镜的，连那种卖报纸杂志的小亭子都挂着墨镜在卖。我再次决定转向。

卖墨镜时，我认识了一个卖教材的，和他聊过两回，我晓得卖教材也很赚，有可能比碟片还赚，因为家长最舍得“投资教育”，只要听说哪个教材对高考有益，就舍得扔钱。我卖了半年的“黄冈教材”。

人发财总是有他的道理，这人显然天生会做生意。

大姐你听说过黄冈吗？就是湖北黄冈，高考很厉害的，那时候他们的教材特别火。

我点头，我哪能不知道黄冈。我也没少给儿子买复习资料啊。除了黄冈，还有这个师大的，那个附中的，家里都堆不下了。

我说，说不定我都买过你的教材，我儿子那时候正读高中。

他嘿嘿一笑，是不是哦？不好意思大姐。

我说没什么，很正常。

其实他并没有不好意思，而是有点儿得意。

空姐为我们送来了果盘，又送来饮料。平常连要了两杯橙汁喝下，我索性要了咖啡，准备打起精神，不睡了。

平常润了嗓子，接着讲他的发家史：卖了一段时间教材之后，我发现代售人家的教材盈利太低，要卖自己独家的才行。我就开始做教材了。我跑到湖北，找到编教材的老师，一番游说，跟他们合作，再去买书号，这个过程很复杂，我就不细说了，反正那个时候市场比较乱，不像现在管那么严，我出了一套我们独家的教材。

这下子生意好到爆，我一个人完全招架不到了。我只好把老婆叫出来，把儿子丢给我爹妈。我和我老婆两个起早贪黑，吃苦受累，干了三年，真的发了大财。嘿嘿。我们在成都买了房子，迁了户口，把儿子接过来。可以说，我吃苦受累想要得到的一切，都得到了。

平常已经讲到“从此过上了幸福生活”了。但故事肯定没完，如果到这里打住，他就不会躲起来，就不会有前妻。

我这个人呢，虽然不笨，用成都话说，脑壳打得滑（反应快之意），但是缺少定力，可能是书读少了。不像你大姐，一看就是文化人。

为了接着往下说，平常先自我批判了一番，然后恭维了我一番。

我含含糊糊地“嗯”了一声。

他说，大姐，你是个教授吧？

我说，哪里，我就是个退休大妈。

他说，不可能。你的气质一看就是个专家讪，你还坐头等舱。

我说，我这个头等舱是朋友帮我买的。

他咧嘴笑了一下，意思是说，你骗我哟。

忽然，机舱广播响起一个略显焦急的声音：哪位乘客是医护人员？本次航班有一位乘客身体不适，需要帮助。

连续播，连续播。

平常停下了讲述，我们都有些担心。是不是起飞前待机时间太长导致的？我刚才都有些心慌的感觉。

这时空姐走过来，我连忙问，找到医生了吗？空姐说还没有。我站起来说，那我去看看吧。

空姐很惊喜，您是医生？

我说，不是，但我在医院工作了很多年。

平常说，看嘛看嘛，我就说你是个专家嘛。

空姐带我过去时，平常也跟了过去。在机舱靠后的位置上，我看到一位大约六十多岁的男人，闭着眼，脸色很差。一位空姐在旁边端着水，他的老伴儿很焦虑地握着他的手。

我俯下身，摸了一下脉搏，问他什么感觉，他说胸口有点儿闷，有点儿疼。他显然属于胖子，肚子高高隆起，膀子也很粗。

我掏出随身携带的速效救心丸，倒出几粒让他含着，然后和空姐一起，把他扶到头等舱我和平常的座位上，打开座位顶上的两个小通风口，然后让他平躺。

我问平常，可以吗？

平常连连点头：应该的，没问题。

我在旁边又观察了一会儿，小声对空姐说，我觉得他需要马上进医院，不能等飞到香港后再去医院，会有危险。

空姐急匆匆地去向机长报告，过了一会儿机舱广播再次响起。

各位乘客，很抱歉地通知大家，由于本次航班一位乘客突发急病，我们的航班需要备降长沙机场。

我和平常换到后面的位置上坐下，等待飞机降落长沙。

机舱内很安静，所有的乘客都没说话，大家都很配合。毕竟人命关天。

平常说，这下你肯定赶不上那边的晚饭了。

我说，没事儿，你不是说了嘛，再晚明天总会一起吃饭的。

对的对的，不用担心。平常说，我那时候，躲在山里的时候，完全不晓得什么时候才能见天日。那不是航班延误，那整个儿就是航班取消。

大约四十分钟后，飞机终于降落到长沙机场，大概备降也不是件容易的事。机场方面已提前做好了准备。我从机舱窗口看到病人躺到了担架车上，旁边医护人员马上给他插上了氧气枕，终于觉得安心了很多。

我赶紧打开手机，给胡阿姨打电话。她一定很着急。

昨天我和思齐通电话时她告诉我，这次她一定要见见我，上次我去时她在美国赶不回来。我知道她是个大忙人。这次订好我的票后，她就把她下午的航班改到了夜里，以便和我一起吃晚饭。

现在看来又要错过了。

思齐是小李叔叔和胡阿姨的小女儿，虽然小时候我们两家住一个大院，但我和她差十来岁，所以很不熟悉，我连她的样子都不记得了。

电话铃响了很多声，胡阿姨才接。声音有点儿嘶哑，她上来就说，你到了？我说，没有，航班延误了。这会儿备降长沙呢。看来我这次又见不到思齐了。

胡阿姨说，思齐不去日本了。

我问，怎么？

胡阿姨迟疑了一下说，你小李叔叔，情况不太好。今天晚上见贤也过来了。

我心里咯噔一下。见贤是他们的儿子，在深圳，原本是每个周末去香港看他们的。显然是小李叔叔病情恶化了。

上次我离开的时候，小李叔叔虽然被病痛折磨着，但精神尚可。那几天我每天都去医院陪他聊天。尽管他已经是一位年过七十的老人了，我还是习惯地叫他小李叔叔。小李叔叔看到我心情好了很多，连胡阿姨的心情都好了很多。他们说他们在这儿什么都不缺，就缺说话的人。我答应他们，至少半个月去看他们一次。小李叔叔当即眼睛就亮了。

没想到才几天时间，就恶化了。

电话里我无法多问，只好说，我落地后，会直接到医院的。

胡阿姨没有客气，她说，好的。

半小时后，我们的飞机再次起飞。

机舱广播里，空姐亲切地感谢大家的配合，我和平常又回到头等舱我们原来的座位上，并一再被空姐感谢。

我想着刚才胡阿姨的电话，有些焦虑。为了转移心情，我对平常说，你的故事很好听。接着讲吧。

他说，还讲？你不烦吗？

能这么问，说明他的酒劲儿已经过去了。我说，没烦，挺有意思的。我感觉你的故事还没完，讲一半多难受。

你咋个晓得没完？我的愿望都实现了嘛。平常鬼笑。

我说，你一开始就说前妻如何如何，又说你躲在山里才出来，那后面肯定还有故事嘛。

他愣了一下说，耶，有文化的人就是不一样。

我笑说：老底兜不住了吧？

平常说，好嘛，我接到讲，反正都打倒了，就干脆倒完。

有钱以后，我就不想那么辛苦了，我不做生意了，开始炒股。我专门去学习了炒股，上手很快。钱生钱，是比较爽的。不瞒你说，到地震前我已经有两千万了。

啧啧。我忍不住啧啧了几声。

平常笑了，可能我这个人有财运吧。当然我还是比较低调的，当年我从老家出来——我是达县那边的——就穿了一件灰夹克蓝裤子，有钱以后，我还是原来的打头，灰夹克蓝裤子，只不过质地好点儿而已。我还是那个一走进春熙路就会被淹没的人。我出去谈事，从来不拿那种亮晃晃的公文包，我就是背个帆布挎包。

你可能不信，我今天是头一回坐头等舱。我一直舍不得坐，今天还是娃儿他妈非要给我买的，她说我这段时间太辛苦了。

这让我意外，我看他那么油，还以为他常坐头等舱。

反而是我，我已经第二次坐了，依然有些忐忑。

所以，不要被表面现象蒙蔽。看到的不一定是真实的。

钱一多，我就跟所有男人一样开始花心。平常很坦率。

有些小姑娘发现你有钱，会主动往前靠，很难抵挡的。不是我推责任哈。我和一个小妹儿要到一起了，那个小妹儿确实漂亮，才二十岁，是我在KTV唱歌的时候认识的。我老婆呢，还是老老实实在家带儿子，做家务。我经常不回家她也不问。

大地震后股市开始走下坡路。我赶紧收手，退出了大部分资金，可是又想不好做什么，就买房子，买铺面。真的是撞上了，买的房子铺面都升值。

前些年，我听说了民间贷款这回事，很多民营企业从银行贷款不易，需要找民间贷款。我感觉这是个新路子，有奔头。于是注册了一个公司，号称财富管理公司，其实就像旧社会的钱庄，集资。当时不知出于啥子考虑，公司董事长我用了我老汉儿的名字。

最开始真的很火，由于利率高，投资的人挤破头想进来。你想银行一年定期才一点儿几，我给他们十，差距太大了，人都是有贪心的。加上那一行才开始出现，缺少规范。我这边集资到钱，马上就可以投出去，回报很高。几个月时间我的资金就开始翻番。我在市中心写字楼租了一层办公室，雇了五六个员工，感觉形势一片大好，自己马上要成银行家了。

也是在那个时候，和我一起的小妹儿非要我娶她，非要我离婚，她说她怀起娃娃了。我只好同意离。唉，我提出要离婚的时候，我老婆哭惨了，啥子话都不说，就是哭，眼泪擦都擦不完。我心里面觉得太对不起她了，她啥子都没做错，错的是我，当时儿子还在读小学，我也不可能带过来让小妹儿养咀。

我一狠心，就把现有的钱全部给了老婆，本来也是老婆和我一起创业的嘛。我把三千万都给了她，三千万哦！我还给了她一套房子。我老婆都傻了，真的，她咋个也想不到我会这样做。我跟她说，有这笔钱，你和儿子这辈子都可以生活无忧了，我也就放心了。我反正还可以再挣。

那个时候我觉得挣钱很容易。

后来我才知道，把钱给老婆，是我一生做的最正确的一件事。

一生做的最正确的一件事？

这话很耳熟，好像前不久才听到过。对了，就是小李叔叔说的。是在他给我讲了那个让他刻骨铭心的夜晚之后说的。他说，那个晚上我和你爸爸待在一起，是我这辈子做的最正确的一件事。

我相信小李叔叔一生做过很多正确的事，他这样说，只是为了强调那个夜晚的重要。

那个小妹儿听说我把钱全部给了老婆，就跟我毛起了（生气），大吵了几回，就跑了，她根本没有怀娃娃，骗我的。跑的时候，还强行拿走了我两百万，还到处说我的公司是骗人的，坏我名声。不说了，我也是活该。

跟着，我开始倒霉了，我们公司的资金链断了，而且是最大的一条。我投出去的一大笔钱拿不回来，没了，说没就没了，几百个投资者不但拿不到高回报，连本金都拿不到。当然就开始闹，里面还有好多是我的亲戚朋友，还有我两个姐姐，唉。

幸好，真的幸好，我这个人历来胆小，所以即使在最容易融资的时候，我也一直控制着公司规模。胆小还真是个护身符。你看网上说的那些出事的公司，都是缺几个亿，我当时的缺口就是四千多万。

亲戚朋友们都骂我，说被我带进坑里了，我根本不敢接电话。这都算了，关键是其他投资者跑到我们公司去闹，连抢带砸的，还报警，说老板卷款外逃了。警察就把我老汉儿抓起来了，因为法人是他呀。我老汉儿也是个神经病，公司已经出事了，他还跑到办公室坐起，不抓他抓谁。

果然精彩的还在后面。我带着看热闹不怕事儿大的心态，期待着他风起云涌，大起大落。

他说的这种投资平台，我也参与过，我就是他说的那种指望高回报的贪心的投资者。幸好我参与的是我一个很可靠的朋友做的。那段时间，每个月月初，我就会收到朋友打过来的利息，相当高，超过他说的百分之十。后来市场不好了，朋友很谨慎，马上撤回资金，退给我们，并从此不再涉足。所以，我体会不到钱忽然不见了的那种焦虑。但这样的焦虑，完全可以想见。

平常说，老汉儿一被抓，我赶紧躲起来。不是我不孝，是我必须保全自己才能救老汉儿，你说是不是吗？我是革命的火种。

我必须先借钱。那个时候我还是认识几个做生意的大佬的。但是，你完全猜得到，没有一个人肯借给我，各种理由，我也可以理解，借给我很可能就打水漂了。我走投无路了，抓脑壳想了半天，唯一可以求的，就是娃儿他妈了，就是被我抛弃的老婆。

我后来总是想，就是在山里躲起那段时间，我反反复复地想，我老婆才是我的福星，我老婆虽然不好看，但是她旺夫，我和她在一起的时候，一直很顺，一离开她我就开始走霉运了。

我给她打电话约她出来，那个时候她已经再婚了，毕竟她是个富婆，再婚也不难。娃儿他妈听我讲完后只问了一句，你要多少钱？我说，你能拿出多少？她说，估计可以拿出两千万。

我大吃一惊，眼泪都要下来了。如果她给我个一两百万打发我，我也是没话说的。但我老婆，居然舍得拿出两千万给我。她很淡定地说，我相信你，会还我的。

她把一些定期提前支取了，把一些理财产品抵押了，把基金也提前赎回了，真是损失了不少。又把股市上的也退出来了，还把之前买的黄金也卖掉了，用了四五天时间，给我凑了两千万。关键是，她那个丈夫也没有跟她闹，同意她帮我，两个都是好人。

我拿着这个钱，躲回到老家大巴山里，潜心炒股。我用了八个月的时间，把资金翻了两倍多，有了七千万。

我忍不住惊叹：天，你太厉害了！

他不以为意地说，嗐，有一半是运气吧。老天爷还是帮我的。我命不该死。

然后呢？现在轮到我催他讲了。

然后嘛，我还了前妻的钱，拿着四千多万去派出所投案，全部还清了投资人的借款，利息当然就算了。然后把我老汉儿接回家。

你老汉儿怎么样？我眼前莫名其妙地出现了刚才那个病人。

我老汉儿淡定得很哪，看到我就说，嗯，比我想的快些。

你们一家还真是大气。我笑了。

派出所那几个警察居然很感动，他们说他们辖区出了好几起类似的案子，我是唯一一个去还钱的。他们给我送了一面锦旗，上面写着“诚信是金”，呵呵，有点儿搞笑吧。

我很认真地说，不搞笑，我也挺感动的。

平常搓搓脸颊，略有些尴尬地说：嘿，我简直没想到我会把这些讲给你听，是不是有点儿瓜兮兮的？

我说，哪里哪里，故事很精彩，不要后悔。

他笑了，一开始嘛，是因为酒喝多了，特别想说话。后来嘛，就打不住了。不过我是觉得大姐人好，没关系的，对不对？

我说，谢谢你信任哦。从这个故事看，你本质上是个好人。

他居然有些羞赧，过了一会儿说：我要重新开始。这回我要规规矩矩做生意了。你不晓得，躲在山里那八个月，日子太难过了。真的，和坐牢没什么区别。每天夜里都睡不好，每天都担心发生什么事导致股市大跌。真是度日如年，不晓得好久才熬到头。我一天到黑都想，如果翻不了身怎么办？我寻短见吗？我连寻短见的资格都没有。我的白头发就是这八个月长出来的，我这八个月比八年还老得快。

酒色褪去后，他的面颊呈现出青黄色，白发也更加醒目，都在印证他的感慨。人生的加减法，往往不在同类项里。财富在增加，减去的一定是财富之外的东西吧。

空姐送来了晚餐。

虽然事先问过我们，要鱼肉米饭还是鸡肉米饭，我们分别要了鸡肉和鱼肉，但实际打开后，都是一个味儿，甚至一个长相。我勉强吃了一点儿。本来也不太饿。平常则迅速地吃了个精光。看来他是饿了，或者，他比我更适应环境。

吃的过程中他问了一句，大姐你去香港几天呀？

我说，四五天吧。

他说，你是去做客吗？

我犹豫着要不要回答。我是去做客。回答显然不正确。我不是去做客。回答虽然正确，需要解释的却太多了。

他主动说，我是去看我儿子，我娃居然考上了香港大学。我得到消息的时候还在山里，我娃真的很争气。他爹都遭起了，他还能考那么好。我去看看娃，再顺便考察下香港市场，看接下来做什么好。

我去看一个濒死的长辈。我突然说。

他看看我，没吭声。也许他没听懂“濒死”这个词的意思。或者是他已完全清醒，知道不该问的不要瞎问。我脑子里忽然冒出那句话，有人星夜赶考，有人告老还乡。

其实他如果追问，我也许会讲出来。

他吃光了盒饭，又吃了水果，又吃了小面包，又喝掉酸奶，完全是一副啥都不能浪费的样子。

我放弃吃了一半的饭菜，盖上盒盖。

我说，其实我也想给你讲讲我的故事，讲讲我为什么去香港。但是讲起来太费劲。不是说你听不懂，而是发生在那个年代的事，总有很多需要解释的，甚至是解释不清的。我说的是上个世纪六十年代。

他笑了，有些幽默地说，红军爷爷讲的故事我都能听懂。

我也笑了。好吧。

我小时候，父亲是一家国企大厂的党委书记。那个厂有几千人，属于三线建设的项目，在山里头。（什么是三线建设？你去网上查一下吧。）我父亲和其他老革命不同的，他还是个大学生。解放初期，组织上选拔一批年轻的有文化的干部到高校学习，父亲虽然只读过高小，也算是有文化的了，他被送到清华大学汽车系。一年后他深深迷上了汽车制造，他向上级领导再三请求，继续读本科。领导同意了，于是他插入本科生班，发奋刻苦，四年后顺利毕业，还是他们班里的第一名，获得了清华大学的毕业证书。

父亲作为专家型人才，进入机械工业部任职。但父亲一心想为新中国造出自己的汽车，主动要求离开北京，到一线汽车厂工作，于是在我两岁时，我们举家入川，放弃了北京的舒适生活，来到山里。

也许我该快进，像看碟片那样。

我八岁那年，“文化大革命”开始了（这个你应该知道吧）。我父亲被打倒了，他和厂里的其他头头，厂长、副厂长、总工程师等等，全部被打倒了，每天被弄去开批斗会，挂着大牌子站在台上挨斗。不只是斗，还经常拳打脚踢。

什么牌子？这个我可以讲讲，因为印象太深刻了。就是用木板或者纸板做的，用绳子挂在脖子上，上面写着“走资派”“反革命”等字样。那时父亲每天回家脖子上都挂着牌子，和其他人不同的是，父亲前胸一块，后背还有一块。前胸那块上面一排小字写着“走资本主义道路当权派”，下面三个大字是父亲的名字，打了红叉叉。背后那排小字是“白专道路的典型”，下面也是父亲的名字，也打了红叉叉。因为父亲是大学生，知识分子，所以比别人多一个罪名，就多背一块牌子。

有一天晚上父亲回到家，从脖子上取下牌子放在门口。我看到父亲的脖子上已勒出一道红印了，很是心疼。牌子虽然是用纸板做的，但毕竟要在脖子上挂一天，而且是前后两块。吃过晚饭，我趁父母不注意，拿起那块牌子跑到离家不远的一条沟渠旁，用力踩断，再踩碎，然后扔下去。我天真地以为，牌子找不到了，父亲就可以不挂了。

哪知父亲睡觉前忽然想起牌子还在门外，想拿进房间来。一看没有了，吓坏了，不挂牌子，他明天怎么去单位？造反派会更严厉地处罚他，会说他搞破坏，对抗革命运动。

母亲也愁坏了。他们在家东翻西找，最后取出垫在床下的一块纸板，用菜刀一点点割开，然后找出墨汁，原封原样写好那些字。

可是，父亲的名字是要打红叉叉的，家里没有红墨水。

我一直在旁边看着父母忙碌，心里懊悔万分。见他们找不到红墨水，我马上说，可以用红药水。父母眼睛一亮，找出红药水，可是家里的红药水只有一点点，打了一个叉就没有了。我又自告奋勇地说，我去买！母亲说，都这会儿了，上哪儿去买？

我去借！我转身出门，深一脚浅一脚地跑在漆黑的夜里。我跑到谢阿姨家。谢阿姨是厂里医务室的医生，和妈妈关系不错。我跟谢阿姨谎称父亲受伤了。谢阿姨毫不怀疑，她亲眼看到父亲被造反派推来搡去的。她说借什么借，快拿去用吧。

就这样，在那个漆黑的夜里，我们一家三口，终于齐心协力地重新制作了两块万恶的牌子。

哦，我扯远了。我并不是要讲这个故事。这个故事和我现在要去看的长辈无关。还是回到我为什么去香港吧。

半个月前，我忽然接到一个陌生电话。

在我确定回答了我是谁之后，她说，她是某某的女儿，是我父亲老同事的女儿。当她说出她父亲的名字时，我马上就想起来了，我不可能忘记他，小李叔叔。小时候他常来我们家，他一来父亲就很高兴。因为他当时才二十多岁，父亲便要我们姐弟两个叫他小李叔叔，这一叫，就一直叫到老了。

我马上说，哦，你是小李叔叔的小女儿思齐？

她很高兴我能说出她的名字。她父亲曾是我父亲的下属，比我父亲小十几岁。而她和她哥哥，也比我小十几岁。除了名字，我对他们几乎没什么记忆。

我父亲已经去世十五年了，母亲也去世五年多了。随着亲人的离世，我与世上的许多丝丝缕缕的联系，就此中断。或者说，一些丝丝缕缕的联系，就此埋入地下。

但记忆不会。

从思齐那里我得知，两个月前，小李叔叔查出了癌症，是比较麻烦的胰腺癌。思齐马上把他送进了香港最好的医院，请了最好的护工，一天一千港币。小李叔叔面对癌症倒是很坦然，他提出不手术，不化疗，不放疗，顺其自然。但他说，希望能在最后的日子，和老朋友聊聊天，他说再不聊就没机会了。

这个希望让思齐很犯难，比给父亲买房子买车请菲佣都难。但她还是让父亲开出一张单子。她按单子上的名字一个一个去找，有的已经去世，有的身体很差无法远行，最后终于找到了我。

毕竟二十年没联系了，找到我也是很不易的，七拐八弯。

思齐说，你能来看看我父母吗?

我二话不说，答应了她。因为我知道，如果父亲在，一定会说，快去看看你小李叔叔和胡阿姨。

今天是第二次了。我答应小李叔叔和胡阿姨，隔一周去一次。我想我能做到，应该做到。

每次去，都是思齐给我买票，往返头等舱，她坚持让我坐头等舱。当然她事业很成功，生活富裕。最重要的是，只要能让她父母高兴，她愿意做任何事。

那几天，我和两位老人聊得很愉快，真的很愉快。虽然很多次，我们热泪盈眶，我们长长地叹息。

思齐说，大姐，我真不知道该怎么谢你，让你飞那么远过来陪我爸妈说话。但是，真的没有人能替代你，我给他们再好的条件，请再多的人照顾他们，他们也不开心。

我说，没事儿，我也想和他们说话呢。和他们说话我很开心。

我说的不是客气话。我这一生如此平淡，仅有的财富，便是经历。那些和父母相关的经历，那些如今想来非常遥远，却刻骨铭心的经历。可是看重这财富的，只有拥有共同经历的人。

我想，我是在替我父母和他们聊天。

正是在小李叔叔的病床前，我听到了那个夜晚的故事。

小李叔叔说，那个晚上我和你爸爸待在一起，是我这辈子做的最正确的一件事。

那时候工厂很乱，已经停工，全都搞运动去了。大字报满天飞，还打起了派仗。打派仗是什么意思？简单地说，就是自己人和自己人搞阶级斗争。打派仗不只是动嘴，还动手，动刀。

那个晚上，父亲本已回家了。晚上八点多时，突然又被叫回到厂里，说有紧急任务。

父亲去了才知道，下午厂里的造反派和外面的造反派发生了激烈冲突，双方拿着棍棒甚至菜刀打起来了，死伤不少。其中就有几个父亲厂里的年轻工人。当时厂革委会头头（“革委会”这个词网上应该能查到），就把几个正在挨批斗的走资派叫去，让他们上山把尸体运回来，又命令父亲留在车间，处理运回的尸体。简单地说，就是收尸。具体地说，就是把尸体擦拭干净，用白布单包裹好，入土埋葬。

运回来的尸体一共五具。父亲看到那些尸体，那些完全失去了血色的年轻面孔，突然红了眼圈儿，为了掩饰，他转过身去拿桶打水。

但这个细微的动作，被一个人察觉到了。这个人就是小李叔叔。

小李叔叔大学毕业分到这个厂，就赶上了“文革”。他自然和其他年轻人一起加入到了轰轰隆隆的运动中。那个晚上，他和几个造反派一起，被叫去监督走资派们处理尸体。他一眼瞥见了父亲伤心的神情，不由得吃了一惊，心里涌起一股陌生的情感。在此之前，他就听说这个党委书记是清华大学毕业的，暗地里有几分佩服，但此刻的情感，不是佩服。是什么？他一时理不清。

他故作严厉地对父亲说，要做事就认真做，先把牌子取下来！

他走过去，动手取下挂在父亲脖子上的两块牌子。父亲看了他一眼，默不作声。把毛巾打湿，蹲下去，开始擦拭那些年轻人的身体。他先从脸庞开始，那一张张年轻的甚至是稚嫩的脸，被他擦净后苍白如纸。

父亲一点点地擦拭，血迹、泥土、草籽、蚊虫，凡是沾在他们身上的不属于他们的污迹，都一点一点地擦去。他甚至还用五指当梳子，替他们梳理了头发，捡掉头发里的脏东西。

很快夜就深了。小李叔叔对那个造反派头头说，你们回去休息吧，我一个人看着他就行了。

造反派头头觉得父亲一直老老实实的，的确不用监督，加上他也确实困了，走之前他厉声说：明天早上七点我来检查，必须全部弄好。不许磨洋工！

等头头和另两个人一走，小李叔叔就轻声对父亲说，不用擦那么仔细了，简单擦擦，赶紧包裹好就是了。不然来不及的。

当时已经凌晨一点了，父亲才包裹好一个尸体。按他的速度，早上七点是弄不完的。

可是父亲说，不行，不能马虎。他们的父母都不在，我是替他们的父母为他们送行，我要让他们干干净净地入土。他们都还是孩子。

小李叔叔愣了。他原以为父亲是不得已做这事的。因为这几个青年，都是造反派的骨干，也就是说，他们天天批斗父亲，他们甚至扭着父亲的胳膊，把他按倒在地，拳脚相加。他们从没把他当作过长辈，他们只把他当作阶级敌人。所以，无论如何，小李叔叔也没料到父亲会这样想，这样说。

小李叔叔没再说什么，挽起袖子，蹲下来和父亲一起擦拭。他当时也才二十多岁，从没见过死人。但他不再感到害怕了。他学着父亲的样子，很认真很仔细地擦拭，把那几个年轻人从头到脚地擦洗干净，换上干净衣服，再用白布单裹好。

两个人一直没说话，也没有任何交流，就这么默默地干到天亮。七点之前，终于全部完成了。但小李叔叔心里，已经发生了天翻地覆的变化。

天亮后，造反派头头带了几个人来，用卡车装运上尸体，去山里埋葬。父亲要求一起去。到山里后，他一直在旁边默默地看着，用目光为他们送行。直到五位青年全部入土，他才回家。

小李叔叔陪他一起回家。等了一夜的母亲，见父亲摇晃着走进家门，扑上去问，你上哪儿去了？你怎么了？父亲默默无语。小李叔叔说，您先给他倒杯水吧，他累了一夜。

母亲去倒水，父亲看着傻傻地站在一边的我和弟弟说，快，叫小李叔叔。

这就是那个夜晚。

五十多年后，小李叔叔在病床前一遍又一遍地慨叹：你爸爸这个人哪，真是太善良了。

我默默地点头。我知道，我深爱我的父亲。

小李叔叔说，从那以后，我和你爸爸就成了忘年交。我们的交情持续了三十多年，直到他去世。他去世的时候，我真的是太难过了，就好像是我父亲去世了。

小李叔叔说，每次说起那个晚上，你爸爸总是说谢谢我，说我帮了他大忙，救了他。其实不是的，不是的！

小李叔叔眼圈红了：是我应该谢谢他。我应该谢谢他！是他救了我。那时候我已经掉到泥淖里了，心都是脏的。是你爸爸给我擦掉了那些脏东西，不然的话，我会糊里糊涂活一辈子，活成一个让自己都厌恶的人。你爸爸才是我的恩人。

我心里一阵发热。小李叔叔，你也是个善良的人啊。

只有善良的人的词典里，才有“恩人”这个词。

飞机终于降落在香港机场。

疲惫不堪的乘客们，纷纷起身，急于离开这个困了他们六个小时的航班。我身边一直呼呼大睡甚至打鼾的平常，也猛然睁开眼，快速换好鞋子，起身取下自己的箱子。当然，他也帮我取下了箱子。

总算到了总算到了。他嘴里咕噜着，已然没有了一开始劝慰我时的那种淡定洒脱。

我默默起身，拖起箱子往舱门边走。一位空姐低声跟我说，谢谢您女士，刚才我们和地面联系了，今天下午那位乘客很危险，大面积心梗。幸好及时送到医院，现在已经脱离危险了。

我说，哦，太好了。

我转头想看看平常的反应，可是舱门一开，他就大踏步地走了出去。仿佛刚才什么都没发生。一切都已回到出厂设置。

不过也没什么。我默然往前走。刚才我并没有把那个夜晚的故事讲给他听。

不是我不想讲，而是在讲到父亲带着我们一家人来到四川时，他就睡着了。

路遇见路

1

丁永建离家出走了。

丁永建不是小小少年，他五十九岁，年近花甲。据说中国男人有个五十九岁现象，就是到了五十九岁快要退的时候，会很慌张，会不顾一切地捞一把，或者不顾一切地出轨一回。然后……没有然后，通常就是遭了，被统计到五十九岁现象里。丁永建第一不是官员，第二被老婆管得死死的，所以这两者都与他无关。

丁永建离家出走完全是即兴的，事先没有预谋。

出走的那天很平常。早晨他睁开眼，屋里黑乎乎的。不用看表他也知道，六点半。他总是这个时候醒，冬夏都如此，上班不上班都如此。躺了一会儿，脑子里模模糊糊的，好像有活物。哦，是做了个梦。难得，很久不做梦了。

他拿起枕边的手机，再拿起老花镜，习惯性地打开微信。家庭群和同学群都静悄悄的，只有战友群已经活泛起来了，老家伙们都起得很早，问候早安的，晒自己跑步的，转发一些慷慨激昂的文字的，也有写打油诗的。他在战友群里一直潜水，从不说话，但只要看到有红点儿就连忙点进去看。算忠粉吧。昨天晚上有人在讨论战友会的事，还有人发了老照片，是他们营部那个院子，黑白片。他放大看了又看，虽然一个人影没有，还是保存了下来。

好遥远。那个地方就像是上辈子待过的地方。

头有点儿昏沉，没睡好，但他还是照旧进入了起床程序，先是用力伸两个懒腰，其实不该叫伸懒腰，应该叫抻腰，四肢很用力地伸展到极致，全身都张开了，舒坦。然后做一百个抬腿提臀动作，再翻转来，做五十个俯卧撑，气喘吁吁的，这才爬起来穿衣服。

原先他是习惯早起去马路上跑步的，如同出操。不料前几年修高架桥，横行霸道的，把人行道挤成羊肠小道了。于是他改在小区里跑，沿着围墙边跑个十圈。后来连这个条件也没有了，围墙边被利用起来修了自行车棚，断了他的路。最后只好改在阳台上锻炼。阳台才多大，还被老婆放了拖把之类的家什，他只能做一些起蹲动作，练几下哑铃。他被这世界逼得一步步后退，终于退进了斗室。

现在他改在床上锻炼了。起因是老婆嫌他打呼，要求分开睡。他暗自惊喜，他早就想一个人睡了。但如果是他提出来的话，老婆不知会怎么上纲上线，分析出他嫌弃自己或者不关心她死活等重大嫌疑。现在老婆提出来了，领导说了算，他立即表示服从，住进了女儿小时候那间屋。那间屋只有九个平米，一张单人床一个书桌一个衣柜就塞满了，可是他觉得很惬意。每天晚上一进去就感觉全身放松，屋子里飘荡着自由的空气。

曾几何时，他可是过着披星戴月、幕天席地的生活。现在，竟然满足于一间小小的斗室了。人的伸缩性真是大。

客厅幽暗，没有一丝声响。老婆原先就起得晚，自称霸主卧后就更晚了，早饭都不做。九点起来，十点去跳广场舞。其实也不算广场舞，就在小区巴掌大的空地上，和几个退休大妈一起扭扭。晚饭后还有一场。丁永建对此持积极支持的态度。因为自一天两场广场舞后，老婆不再成天拉着脸叨叨叨了。人真的很需要精神追求。老婆每天都发朋友圈，除了跳舞的照片外，还有买菜路上的照片，和闺蜜喝茶的照片，蓝天白云，小狗小猫，随拍随发，并配上一段鸡汤文字。那些文字也不知哪儿抄来的，还挺有意思。比如“做一个眼中有风景，心中有喜悦的人”，“健康就是存款，快乐就是利息。照顾好自己，又有存款又有利息”，等等。丁永建只要见到了就点赞，点赞就是表情符号，三朵鲜花加三个大拇指。老婆跟女儿吐槽说，你爸就是形式主义，其实他都没点开看。丁永建说，形式主义保险。原来，有一天老婆出去玩儿遇到降温，在朋友圈撒娇说：“天哪，冷死了，风跟刀子一样。”丁永建看到了，第一个念头想说，这么温柔的风怎么可能跟刀子一样？你那是没被真正的寒风吹过。后来觉得还是不多嘴为好。但此时不可能再给三个大拇指了，于是他在表情符号里找了一圈儿，终于看到有冒热气的小图，估计是馒头包子吧。于是送上三堆热气。哪知老婆大为光火：“我冷死了你还幸灾乐祸？”他连忙戴起老花镜细看，哦，原来那三个冒热气的是粪屉屉。自此，丁永建再也不敢乱用表情了，管她发啥，就是雷打不动的三朵鲜花加三个大拇指。应对上级只能是形式主义了。

不过今年情况不同了。从年初到夏天，因为疫情严重，老婆的广场舞停了，天天在家，霸着遥控板，霸着话语权，可把丁永建给闷坏了。他刚好退休，没什么理由再出去了。那么小个房子，两个人不得不二十四小时面对面，鼻子碰鼻子。每天的话题就是：中午吃什么？晚上吃什么？明天早上吃什么？周末的合家团聚也取消了，女儿女婿不敢带外孙女过来看他们，偶尔送东西，都是在小区门口交接，戴着口罩，旁边有举着体温枪的保安监视着。

幸好五月份之后疫情缓解了，老婆恢复了广场舞，重新对生活充满了热情，重新在朋友圈每日一歌，丁永建也随之解放。

刷牙的时候，丁永建想起早上那个梦了。他开着车，爬了无数个回头弯，到达山顶。山顶有个小镇，可镇上的人都说着他听不懂的话，也没人戴口罩，像是在外国。他找到一个看上去像中国人的女人问路，对方茫然摇头。他就拿出手机，想给她看他要去的地名，却发现手机没电了，连电话都不能打。他有些不知所措，想赶紧下山，可是转来转去怎么也找不到下山的路，那些回头弯总是把他送回山顶……

忽然场景转换，他站在操场上，面对一个面容模糊的男人，他突然怒火中烧，冲那个男人大声说，你欠我一个道歉！知道吗？你应该给我道歉！男人像没听见似的，转身就走。他想拽住那男人，却怎么也迈不动步子……

这时有个声音说，你是在做梦吧？他一下醒了，果然是做梦。

他长吁一口气。

虽然是梦，情绪却是真实的，醒来时心还在急促地跳，感觉内心深处有什么东西在蠕动，像要钻出体外。他强行按住它。那些回头弯，那些转不完的回头弯，把他的心绕成一团一团的。

2

丁永建走进厂里的行政楼，张会计已经在等他了。他问，办好了？张会计说，办好了，激活一下就可以了。我带你去。于是两人一起出门，来到厂门口的银行，在自动柜员机上将那张卡激活。

是社保卡，丁永建的社保卡。张会计让他在自动柜员机上重新设了密码。他看到上个月和这个月的钱，都已经在里面了，另外还有两万元退休补贴，加起来毛三万，他忍不住咧嘴笑了。张会计问他，要不要把原来的工资卡绑到一起？他连连摇头说，不绑不绑。

丁永建是去年年底退休的，提前了两年。提前的原因是厂里改制，被一个什么集团给吞并了，五十五岁以上的一刀切。他五十八，肯定在第一刀里。但他不想走，那些五十多的还可以找点儿事干，他快六十了还能干吗？再说他是开车的，怎么改制不也需要开车的吗？他去找厂长，他给厂长开过车，能说上话。哪知厂长上来先跟他吐槽，我靠，这日子简直没法过了，头都要炸了，天天忙得四脚朝天。然后说，我太羡慕你了丁师，终于退休了。丁永建说，退休有什么好？厂长说，怎么不好？再也不用干那些不想干的事了。丁永建说，我没什么不想干的事，我想干到六十。厂长说，你真是死脑筋，提前退社保一分都不少，厂里还要给点儿补助，哪点不好？丁永建说，我不是计较钱，我就是习惯上班了。厂长说：你这个人哪，真是劳碌命。你也不想想，咱们中国人的平均年龄是七十七，男的少几岁，算七十三吧，那你就还剩十五年，十五年一晃就没了，难道你不想把这十五年留给自己？难道你不想开着车到处走走？难道你就没有自己想做的事？

三个“难道”把他给说动了。厂长就是厂长（现在是总经理了），一套一套的，总有一套适合你。于是他办了手续，退了。没想到刚退就发生了疫情，社保卡一直没办下来，时隔大半年才拿到。

丁永建拿着社保卡，心里微微有些激动。虽然退休金比工资少了两千多（老婆撇嘴算了一下，一年少五万，两年少十万），但每一分都在他手上了。原先工资卡一直在老婆手上，老婆每个月给他发一千块零用，其余全部充公。老婆说，你不抽烟不喝酒，要那么多钱干吗？他觉得太没天理了，自己的优点还成了被剥削的理由。现在，他要牢牢掌握这张社保卡（同时废除工资卡），直到离开这个世界。女儿早独立了，外孙女都五岁了，他们又不买房又不置地，老婆没道理再克扣他工资了。

不过，这个关系到他后半辈子的重大经济改革，他没跟老婆商量，打算直接实施。

张会计送他到停车场，打量了一下他的车说，丁师，开自己的车感觉还是不一样哇。丁永建说，那是，以前是租房，现在住的是自己的房。张会计说，圆满。丁永建说，对，圆满。

丁永建开上自己的铃木越野，在厂区慢慢绕了一圈儿，然后离开。这是他待了二十多年的地方，角角落落都很熟悉，角角落落都有他的脚印和气息。包括那个大澡堂。从前每个周末都要去的地方，拿着澡票和盆子排队。现在大家都在家里洗了，大澡堂改造成了发廊和桑拿房，他一次也没进去过。林荫道两旁的香樟树，是他进来时才种下的，现在已然绿荫满地，前人后人都可以乘凉了。树下的长椅他不知坐了多少回，后来木头烂了，搞成水泥的，冰凉，不舒服。

就这么退休了？这辈子就这样了了？圆满吗？圆满个屁。丁永建心里发酸。虽然已经退了大半年了，但真正拿到社保卡，感觉还是不一样。他从此没理由再来厂里了，这里不需要他了，哪儿都不需要他了。他的生命被切割了。

从走进这地方到离开这地方，丁永建始终是个工人，从青年工人到老工人。虽然当过队长，也还是工人。厂里的人都叫他丁师。他有A类驾照，开过卡车和客车，但更多的是轿车。有段时间还给厂长开过专车。总之，他一辈子都把着方向盘。只是，从来没有决定过人们的前进方向，甚至，也从来没决定过自己的前进方向。

让他略感欣慰的是，他好歹开着自己的车离开了。车是女儿女婿送他的退休礼物，虽然不是什么大牌，还是给了他很大安慰。女儿说，老爸你辛苦一辈子，也没啥爱好，就喜欢开车，我们无论如何也要满足你。他接过车钥匙的时候，眼圈儿都红了。这么说来，最欣慰的不是有了一辆车，而是有个好女儿。

拿到车后，丁永建就和孩子拿到玩具一样，每天都要玩儿上一会儿，开车出去跑一圈儿，或者去给车配装备。所谓装备，就是跑车需要的各种物品，行车记录仪、保温壶、电筒、充电器、军大衣，甚至把那床一直舍不得扔的军用被，都洗洗晒晒，打成背包丢在了车上。还有一套金庸，一直想重读的，总没时间。他在网上看到个退休大妈就是这样的，常用物品放在车里，说走就走。

每天准备这些东西时，他心里无比熨帖，那辆车渐渐成了一个他恋恋不舍的地方，好像是他的第二个家。为了堵住老婆的嘴，他告诉老婆，他做这一切准备，是为了以后开车带她出去玩儿。哪知老婆撇嘴道，哪个和你出去玩儿？无聊死了。

老婆总是和她的姐妹们出去玩儿，去年春天去日本看了樱花。今年秋天原本计划去西欧看红叶的，被疫情搅了局。丁永建连连点头说，对，你们在一起好耍些。

丁永建觉得很有意思，老婆从不好好跟他说话，但经常说出正中他下怀的话。

路过行政楼，丁永建犹豫了一下，要不要再跟厂长去告个别，又一想还是算了，厂长一定是满腹牢骚。原以为傍上了大款（合并到那个集团），却不料疫情把如意算盘打烂了，那个集团自己都没米下锅了。张会计说他们留下没走的人，已经有两个月没开工资了。这么一想，自己也算歪打正着，退休金至少是有保障的。

大圈儿不圆小圈儿圆。他想。

开出了厂门，右拐，准备到前面的十字路口掉头回家。可是走到十字路口该左转时，一不留神开到直行道上了。他不想被罚，干脆继续直行。到下一个路口再掉头吧。可是再到下一个路口时，他又直行了，这回好像有些故意。

反正回家也没什么事，出城兜一圈儿吧。他这么想。

其实这么想的时候，他也没打算离家出走，只是想开着车随便逛逛，理理思绪。

3

丁永建自二十六岁回到这个城市后，就再也没有离开过。虽然他是个司机，后来成了车队的头，最远也就是去下面的县城，没有出过省，也从来没有外出旅游过。说出来人家都不信。他经常在微信圈看到亲友们晒旅游照片，觉得不过尔尔，山没有他见过的威猛，河没有他见过的汹涌，更不要说天和地了。

退伍的时候，一辆解放牌大卡车，把他和所有摘了帽徽领章的老兵一起，从驻地直接拉到了机场。有个老兵问，我们不能在拉萨玩儿两天吗？在西藏当兵几年连布达拉宫都没去过，回去说起来是笑话。带队干部严肃地说，什么笑话？这也是咱们军人无私奉献的一部分。接着又解释说，上级要求，我们必须把你们一直送上飞机。如果你们想在拉萨旅游，只有以后再飞进来。

大家当然服从，虽然领章帽徽已经摘掉了，也还是习惯服从。善始善终吧。

进安检之前，几个老兵抱着送行的干部号啕大哭，鼻涕都蹭到军装上了。丁永建喉头发哽，迅速走过了安检。他不想告别，不想流泪。虽然心里有一千个不舍。

丁永建这辈子——不，是自成年后——就流过两次眼泪，一次是父亲去世，一次是母亲去世。尤其是母亲去世对他打击很大。在殡仪馆送葬时他大放悲声，用头撞墙。母亲走得太早了，不到七十岁，丁永建总觉得是和她长期生闷气有关。虽然父亲最终没和她离婚，但那道深深的裂痕一直撕扯着她。女儿出生时，丁永建暗暗发誓，自己一定不离婚，除非是老婆要离，他要为女儿维持婚姻。

飞机落地成都后，几个老兵真的开始商量，什么时候约着一起飞拉萨，朝拜布达拉宫，逛逛八廓街。丁永建没有参与。他有点儿毅然决然的意思。回来就回来了，藕断丝连多没劲。

有时候他想，是不是自己过早地去了天边，过早地在无边无际的世界里缥缈梦游过，现在就只想蜗居了？

出城，上了高速，不知不觉速度就加快了。丁永建顺手打开了音乐。那是女婿帮他搞的，一个小音箱连上手机蓝牙就可以听歌了。他在网上找了二三十首军旅歌曲，下载到手机里，他甚至还下载了军号、起床号、熄灯号，外加紧急集合号。老婆有一回听到了说他发神经。神经就神经。他看到一个段子，说一个退伍兵回家后，每天早上六点半，定时用手机放起床号，然后躺在床上说，我就不起来就不起来！这种段子，只有当过兵的人听了才会哈哈大笑。

现在的路可真是好，平平的顺顺的。他想起女婿说的话，你不出去自驾游，你就享受不到政府在公路上的投资。好嘛，那就享受一下。最重要的是，想去哪儿就去哪儿，真正把握住了自己的前进方向。

也许真的像厂长说的，现在可以去自己想去的地方了。或者毫无目的地一直开，开到一处山清水秀荒无人烟的地方，就躺下来看书睡觉，或者，躺下来看云，看星星。重温十八岁时的感觉。

他的右脚又加了些力。两边的树快速地朝后退去，前方的山近了，又远了，远了，又近了。身旁的车被他一辆辆超过去。几十年的老司机了，他很有把握既不超速又能超车。

不知怎么他有点儿兴奋，如果此刻有人看到他，一定会用精神焕发来形容他，双颊泛红眼睛放光。其实，昨天夜里睡得并不好。

昨天夜里丁永建破天荒地失眠了。

是下午喝了茶？是张会计打电话告诉他社保卡办好了？是群里

有人提议搞战友会？总之他就是睡不着。他原本睡眠很好，晚上十点半关灯，早上六点半醒，是部队给他调好的生物钟。他居然也会失眠。母亲去世那天他都没失眠，只是一夜没睡而已。

从不失眠的人对失眠完全没有对策，连颗安定都找不到，他只好躺在床上熬着。

虽然是闭着眼躺在小黑屋里，思绪却无比开阔，超过半个世纪的往昔岁月翻腾起来，一浪高过一浪。下午听到的那个消息仿佛是坨酵母，让浪头膨大汹涌，塞满了脑子。

让他不解的是，汹涌而来的往事，全是些不愉快的事，是那种越想越生气的事。难怪天天失眠的人会得忧郁症。

嘴巴发苦，他爬起来喝了点儿水，上了个厕所，看看时间，已经是凌晨一点了。他索性打开床头灯，拿出本子，就是扉页上写着“退休留念”的笔记本，又找出笔。他想整理一下。也许把心里乱七八糟的思绪倒出来，把生气的事倒出来，会好一些。

可是拿着笔发了一会儿呆，一个字也写不出。他忽然意识到，所有的不愉快都源自一件事。若不是那件事，今天的他就不会是今天的他。

他在本子上写了一个人名，一个地名，又写下几行字，并在某个地方画了下横线，打了叹号。再关灯躺下，果然平静下来，睡着了。

等丁永建感到有些饿时，已经到了绵阳。

他很奇怪自己怎么开到绵阳来了。不过一旦到了，他又觉得正是自己想来的地方。他拐进服务站停好车，找了一家快餐店坐下，要了一大碗牛肉面，还让老板加了多多的辣椒和芫荽。

吃面的时候，丁永建拿出手机。估计老婆已经生气，肯定又打电话又发微信，内容也完全可以想见，第一条，你跑哪儿去了？第二条，你回不回来吃午饭哦？第三条，丁永建，你搞啥子名堂？电话不接，信息也不回。他想好怎么回了：刚才开车没看手机。我今天出来办点儿事情，晚饭后回家。老婆看到这条回复要气死。以前丁永建出门总是先请示报告，不假外出这是第一次。估计老婆会说，有本事你别回来！

可是打开手机，再打开微信，老婆一条信息都没发，也没有未接电话。反而是战友群有人艾特他，问他怎么还不报名。

昨天有人发起战友会，搞了个群接龙，报名的就添加自己名字。他一直没吭声。他的老班长就来艾特他。见他不回，又发信息给他：你个家伙为什么不参加？上次就没来，我都多少年没见你了。以前说工作忙走不开，现在退休了还走不开吗？

他想了一下回复说：不是还早吗？到时候再说。

他又去看老婆的朋友圈，老婆照常发了动态，花红柳绿的大妈群舞，下面的文字是：岁月陪我们走过春夏秋冬，时光陪我们走过花开花落，愿我们天天健康快乐！

他还是给她送上三朵鲜花和三个大拇指，以示一切如常。

看来是自己把自己想得太重要了，老婆才无所谓他在不在呢。但他还是主动给老婆发了条信息：我今天出去办点儿事，可能要晚回。

干脆，今天就去。免得夜里再失眠。

他拿出他的大号茶杯，泡上浓浓的普洱，再把保温壶灌满开水，然后去旁边超市买了几包方便面一箱矿泉水，又去加油站加满油。兵马未动粮草先行，这是起码的。

坐上车，打开导航软件，输入“广元”二字，导航显示，两个多小时可以抵达。他迅速算了下时间，四点可以到广元，之后返回，夜里可以到家。

他有点儿小激动，好像听到了集合号。

4

丁永建开了一辈子的车。

如果少年时有人告诉他，你这辈子就是个开车的，他打死也不会相信。他从小就是个乖孩子，虽是独子，却没有被娇宠出坏毛病。小学到中学一直学习不错，称不上学霸，但一直都在好学生之列。

高三那年春天，他正充满信心地备战高考，家里突然爆发了战争：父母闹离婚，并大打出手。原来父亲背着母亲和他，在外面有了一个女人。此事不知怎么被母亲知道了，身为教师的母亲，完全没有像那些鸡汤文里说的，隐忍着，等儿子考上大学再说，而是哭天抢地，随时把丁永建叫来当裁判，要他逼父亲做出决断。而丁永建也没像那些励志文章里说的，在逆境中成长。他被严重影响了，毫无悬念地高考失利，连大专都没上到。

那是八十年代初。之后，他就报名当兵了，不管妈妈怎么阻拦，他就是一心一意地想远离他们，远离那个破碎的家。

但现在回想起来，丁永建已经不责怪父母了。因为，当兵让他觉得很值。他庆幸自己曾经在那样一个地方生活过，就像在天边，在月球上，四周永远寂静无声，地平线把他的视线拉得很长，天穹又把他压得很矮。站在那里，说自己顶天立地一点儿不为过。他们这一代，上大学的人很多，发财的人很多，出国的人也很多，但是在海拔五千米的地方待过的人却很少。凭这个他就挺自豪。那个时候他十八岁，一双眼睛黑是黑白是白。一待八年，前十八年放飞的梦想和落下的灰尘，一并抖落了。下山的时候，他感觉自己获得了重生。

一辆黑色越野突兀地出现在他的后视镜里，速度飞快且有些摇摆，丁永建连忙避让，车与他擦身而过，继续蛇形地飞奔，又和前面一辆车差点儿蹭上。找死啊？丁永建心里骂了句。

丁永建开车这几十年，属于自己责任的交通事故一次都没有。刚学车时，他总是撞倒训练场上的竹竿，师傅凶狠地说，你要想到那不是竹竿，是你妈！这个假设非常管用，他不但再也没撞过竹竿，甚至还延伸到了路上，感觉所有人都可能是妈妈。

但很多时候，出事故根本不是自己没好好开车，而是没提防到别人没好好开车。虽然无责，照样倒霉。这和人生路上的情形很相似，自己明明没做错什么，却得承担后果。这是丁永建悟出的人生哲理。他不是个脆弱的人，可有些事想起来，还是会心里发堵，想一回堵一回。有个诗人说，那过去了的，都将成为美好的回忆。不可能，绝对不可能。

前面的车忽然慢下来，跟着，停下来。

居然堵车了。

五分钟过去，依然一动不动。高速路堵车，通常是出了车祸。丁永建判断。他熄了火拉了手刹下车去看。好多人下车来张望。有个急性子已经到前面去看过回来了，嚷嚷说，车祸，四连环。

个把小时后，路才通。

丁永建路过车祸现场时，发现肇事的果然是那辆差点儿和他擦剐的车，就是那辆开得飘忽的越野。车头撞在护栏上，后面一辆车没来得及避让，追了他的尾，横在路中间，跟着又有两辆冲上去，地上一片狼藉。不知那辆越野车司机出了什么状况，害人害己。

丁永建自己虽然没出过什么事故，但没少遇见事故，大小车祸都遇见过。常在河边走嘛。第一次是在西藏，他刚当驾驶员，跟着班长出车。那天执行任务返回时，看到路上有人挥手。路过的车都飞速离去。丁永建跟旁边的班长请示：咱们要不要看一下？班长没吱声，可能有点儿犹豫。他还是靠边停下了。一个满脸惊慌的男人冲过来说，谢谢解放军谢谢解放军，救救我们吧救救我们吧。

班长先拉开车门跳下去了。丁永建也随之下车，一看，一辆出租车滚下路边的坡了，还好是缓坡，两个人瘫在地上。一个是司机，似乎没有伤，另一个是女人，满头是血。男人说，那个司机吓瘫了，怎么喊都起不来。他的老婆已经昏迷。丁永建和班长一起，把那个女人拖上来，弄上车，女人的头还在不停地流血。上车后那个男人说，他们是今天的航班，租了个车去机场，没想到翻车了，三个人都被甩出车外（都没扎安全带），他老婆的头撞在石头上。又说，今天肯定走不了了，机票会不会作废？丁永建愤怒地说，这会儿了你还想着机票？她都要没命了！男人不说话了。丁永建打开所有应急灯，以最快的速度往军区总医院飞奔。到了医院，男人背着女人往里冲，一只鞋掉在半路上，丁永建捡起鞋拎着去挂号。女人被送进急救室。丁永建问医生，怎么样？能救活吧？医生说，我们尽力。丁永建默默地把鞋放在急救室门口，离开了。

医院门口，班长在使劲儿擦车上的血。见到丁永建，他说：咱这一身的血，也先得洗洗。丁永建一看，可不是，军装上糊了一大片，衬衣都浸上了。两个人先去百货店买了内衣，再去澡堂洗澡。虽然救了人，心情却很沉重，预感那个女人性命难保，血流得太多了。丁永建本来想留个男人电话，以后问情况，但班长不让他留。班长说，咱们该做的已经做了，后面的事就别管了。丁永建一想也是，如果救活了，不指望他来感谢。如果没救活，还是不知道为好。

不料不久之后，那个男人还是找到了他们。他记下了他们的车牌号。女人得救了，他写了封感谢信到他们部队，团里查到后，给他和班长各一个嘉奖。这让丁永建很高兴，高兴的不是嘉奖，而是他们总算没白救，没白弄一身血。

丁永建当兵六年没立过功，但嘉奖好几个，几乎每年都有。算是个好兵吧。除了第二年。第二年他坐着过山车冲上云端，然后掉回低谷。他差点儿动手打人。

5

黄昏时，老婆终于对他的反常做出了反应。

她打电话过来，不是，是视频，估计想看看丁永建在哪儿。丁永建没接，他不是故意不接，而是当时正在险道上，一条古栈道。

去栈道是临时起意。

起初是因为那个车祸，耽误了个把小时，导致他四点无法赶到广元了，那么，之前计划好的环环相扣的方案，便随之泡汤。接着，其实也是更重要的，他对自己奔到广元去的目的产生了怀疑。真的要那样做吗？于是一念之间，他导航到了剑门蜀道。

早就听说剑门蜀道很值得一看。路险，风景好。他对险路有一种迷恋，很久没在险路上开车了，手痒痒。哪知到了那儿发现是个景区，明月峡景区，要买票进去，而且只能人进去车不行。他扭头就走。免费的山都爬够了，还买票爬山。懒得！

他漫无目的地开车在山道上转。毕竟是秋天，毕竟是黄昏，风景真不错，树们呈现出各种色彩，红的黄的绿的，很是养眼。丁永建觉得心情大为舒畅，看来还是要出来跑跑，不能老憋在城里。

老婆看他不接电话，便去女儿那儿告了一状。女儿即刻发来好多个问号：爸，我妈说你离家出走了？怎么回事？你们吵架了？不是真的吧？你是吓唬她的吧？你现在在哪儿？你什么时候回家？

收到这一串问号的时候，眼前刚好出现一个很宽的弯道，凸出的地方修了栏杆，似乎是专门供游人看风景的。他索性停下车，跟女儿视频。丁永建给女儿看了周遭的大山，得意地问：你猜我在哪儿？

女儿吃惊地说，你怎么跑那么远？在哪个山里头？不会是要出家吧？他哈哈大笑，然后说，出啥子家哦。我这种人，样样都看得开。我就是出来散散心。女儿说，散心怎么跑那么远哪？他说，你不是给我买了车吗？一踩油门就那么远了嘛。女儿说，你把我妈吓到了。她说你离家出走了。他说，你妈就喜欢上纲上线。女儿说，她给你打电话你咋个不接？他说，你们又不是不晓得，我开车不接电话。女儿说，那你今晚回家不？

听到女儿这句追问，丁永建确定自己是真的离家出走了，事情可以定性了。今晚肯定回不了家，不假外出，夜不归宿。很严重。但他还是淡定地说，紧张啥子嘛。我事情还没办完，我明天回去。

女儿无奈，嘀咕了几句，又嘱咐了几句，了事。

当兵第二年，丁永建申请考军校。

高中毕业没考好，损失巨大。他不想听女友说那番“你好好复读，我等你一年”的委婉通牒，一跺脚就当兵了。到了那个寂静无声的世界后，他觉得他还是想读大学。不是想逃避，而是想读军校，成为一名军官。

那个时候他们连没几个高中生，连里就同意了他的申请。指导员还说，希望你能考上，给战友们提提劲儿。于是他和所有参加高考的兵一起，集中到教导队复习，其实也没人辅导，也没啥资料，就是时间集中，不出操不训练，天天看书。加上大家一起复习，有个氛围。

过程就不细说了，总之考完后他感觉发挥不错，很是期待。

可是回到连队，左等右等也没等到通知书。他心急火燎，坐立不安。到八月中旬，和他一起复习的陈锐告诉他，他已经接到录取通知书了。这让他非常泄气。看来是自己没考上，心里懊恼得恨不得捶自己一顿。他报考的是炮兵学院，在西安。他很想去那里读书，因为……也没有因为，他就是想读军校。看来自己真的是没有上大学的命。

后来他才知道，他是考上了的，录取通知书也是来了的。但是团里一位干事拿到后，顺手放进了抽屉，想等有车的时候再带到他们连给他。他们连和团部相距遥远。然后他就忘了。

等那个干事想起来的时候，已经是八月底了。丁永建从连队到团部再到拉萨再到西安，起码需要三天时间，除了飞，其他方式无论如何也赶不上了。政治处连忙以组织的名义打电话到炮兵学院，解释了丁永建没能按时报到的原因，希望能网开一面。但学校回复说，录取通知上写得很明确，必须按时报到，否则除名。军事院校对纪律这一块儿要求是非常严格的，不能通融。

丁永建得到消息就傻了。大学和自己有仇吗？他是前世欠了大学的债吗？为什么一到高考就要遇到麻烦？各种拦路虎纷纷出现？

事后，团里给了那位干事一个处分，严重警告。然后给了丁永建一个补偿，让他去学开车。当时很多战士想学开车，以后可以转志愿兵。于是他成了驾驶员。

命运就此被改写。

从山道下来，路过一个小镇。已经快七点了，丁永建打算在此地解决晚饭，再去广元城里。至于明天，明天醒来再说。

没想到来了个突发情况。

丁永建吃完饭刚坐上车，一个年轻女子突然拉开他的车后门坐进车里，并且急声高喊：快开车快开车！丁永建条件反射道：你干什么？下去！女子说，救救我，救救我！说话间，一个男人跑过来拉开车门拽那个女子。女子大喊，救救我师傅，我不认识他。

丁永建想，居然遇到了流氓。他砰的一声关上车门，走过去一把拽住那个男人：你干什么？光天化日的，想欺负人？男人说，这是我女朋友，我要让她回家。女子说，我不是他女朋友，我不认识他。他一直跟踪我。男子说，她脑子有问题，我就是她男朋友。丁永建依然拽住男子不放，男子便掏出手机来，你看看吧。丁永建一看，手机屏保上果然是这个男人和这个女人的合影。他有些蒙了，如果真的是情侣，可不能贸然干涉。

可是女子放声大哭起来：他是个骗子，他跟踪我，跟踪我一天了，你帮帮我吧。男子仍旧说，她脑子有病，我已经和她妈老汉儿联系了，她妈老汉儿让我带她回家。

丁永建想了一下说，这样，你们两个都上车，我送你们回家。

男子马上同意了，跳上车来。女子用力地推男子下车，但显然徒劳。男子说，谢谢师傅。我们住在翠华小区，我给你导航嘛。丁永建说，不用，我自己导。

他迅速搜了一个就近的派出所，然后锁上车门，奔过去。

6

丁永建以为是自己见义勇为做好事，却不料脱不了身了。

一到派出所，那对男女突然不再吵了，就跟他们一直是一对好恋人似的，异口同声地指责丁永建：干吗把我们拉到派出所来？更可恨的是，当民警询问情况时，男子竟反咬一口，说他们俩只是搭了丁永建的车而已，言下之意，丁永建开的是黑的士。

丁永建鬼火冒，这是什么事儿啊。他跟那个民警讲了事情的经过，说自己是害怕女子有意外才拉到这儿来的。民警一脸怀疑，你怎么能让两个陌生人上车？丁永建说，你可以看下我车牌，我是从成都过来的，我是过来自驾游的。男子说，我们没拦车，是他主动让我们上车的。民警不吭声，好像希望他们继续互撑，撑出真相。

丁永建急了，怒吼道：如果我真的是黑的士，会拉到派出所来吗？男子说本来说好去翠华小区的，因为价钱没谈好（丁永建要高价），所以他就把他们拉到派出所来了。

丁永建恨不能冲上去给他两记老拳，谎话连篇，不怕遭雷劈吗？男子避开他的目光，若无其事地揽着一直低头不语的女人。

丁永建终于无奈了，只好跟民警说，自己也曾当过兵，并且和他们分局的王主任是战友。民警说，哪个王主任？丁永建说出了王的名字，旁边一个年纪大些的民警点点头，说了句，是我们分局的，前两年退休了。丁永建便掏出手机给王打电话。这个电话他存下很久了，几次蠢蠢欲动却一直没动，今天下午还动过念头的。

丁永建在电话里听到对方说自己就是王广林时，顿了一下，报上了自己的名字，跟着又说了当年的部队番号。对方也顿了一下，然后说，我记得你。

半小时后，王广林出现在了丁永建面前，一个头发花白的老男人，模样完全陌生。但丁永建确定是他，因为他们有相似的脸颊。民警礼貌地向王解释了刚才的情况，王很温和却不容置疑地说，这是我战友，西藏战友，打死他也不会做那种事。

大醉一场不在丁永建的计划里，却很自然地到来了。到来时让丁永建觉得，他一直在期待它。

他和王广林坐在旅馆楼下的川菜馆里，对饮。两个大男人，两个老战友，若是面对面坐着喝茶，怎么都不对劲儿，必须喝酒。他们先要了半斤泸州老窖，很快没了，索性来了个大瓶的。丁永建不善饮酒，只需一小杯就会脸红筋涨。但此时此刻，就是一醉不起，他也得喝。

刚开始，两个人还有些别扭，王顾左右而言他，说些战友们见面后常说的那些话，回忆当年的生活，交代今天的状况。后来，酒劲儿上来了，开始掏心窝子。是王广林先开始的。王广林说，我早该联系你的。唉，我当年，真是拉稀摆带不叫话……

丁永建连忙摆手：莫提了，莫提了。他不是客气，他是真的不想提起。王广林说，不不，你让我说，我必须说出来，必须。王广林喝酒不上脸，不像丁永建已经红到脖子上了。王广林的醉意是表现在语言上，他开始说川普了。

辣（那）个时候，女朋友写信来，提出分手，我心烦意乱的，心不在焉的，一天就想咋个才能把她留住。人是恍的，就，就误了你的大事。我后悔死了。我们主任把我骂惨了。该骂。组织上给了我一个严重警告，该给。

终于，触到这个伤口了，不是，是扒开，血丝还在，没有结痂。丁永建心里一阵发痛。他努力笑着说，那是我的命。

王广林说，是我对不起你，兄弟。他放下酒杯，抱拳，很认真地对丁永建道歉说：对不起，兄弟，老哥给你道歉了。

丁永建眼泪出来了，他觉得很丢人。抹了一下眼窝，拿起酒瓶给两个杯子都斟满：道啥子歉哦，好不容易见个面，莫说那些。他的手发抖，洒了不少在桌子上。

王广林端起酒杯说，我连喝三杯，自罚！

丁永建还是摆手。

原本，丁永建一路奔到这里，就是要找王广林索要道歉的，他要大声对他说，你欠我一个道歉！你把我一辈子都耽误了！我是考上了的，考上了的，我本来可以成为一名军官的！

可是，当道歉来临，他却像受之有愧似的，除了摆手，还是摆手。他怎么能在几十年后，见到一个老战友后，索要一个道歉？谁也不欠他，不欠他。父母不欠，战友也不欠。就像当时指导员跟他谈话时说的，你没能按时报到，也算牺牲奉献的一部分。何况三十多年过去了，什么事都过有效期了，但感情不会失效。他们一起在高寒缺氧的地方熬过，一起在天尽头站过，一起面对过令自己无限渺小的大自然。他们有共同的生命密码。这些醒悟，竟然在喝醉之后到来了。

丁永建不想看王广林愧疚，他故作轻松地说，怎么样，最后抢救回来了吗？就是现在的嫂子吗？王广林说，对的，就是她。丁永建说，那还是对嘛，没有白费力嘛。王广林说，唉，你不晓得，当年我被她迷得五迷三道的，现在又被她吼得五迷三道的。

两个人哈哈大笑。丁永建马上想起了自己的老婆。王广林又说，但是，再咋个我都忍了。当年人家顶着那么大的压力跟了我，太不容易了。你晓得的，我们那个时候没有高原工资，没有任何特殊待遇。一年见不到一回。丁永建说，对的对的，太不容易了。

丁永建也想说说自己的老婆，奇怪，老婆仿佛有感应似的，电话就打过来了。又是视频。

这回丁永建迅速接了起来。老婆胖胖的脸出现在屏幕上，怒气也是胖胖的：丁永建，你到底在搞啥子名堂?!

丁永建笑眯眯地说，没搞啥子名堂，我在和老战友喝酒，摆龙门阵，开心得很。老婆说，我的妈哟，你的脸都成猪肝了，你是不是喝醉了？丁永建说，没醉，滴点儿都没醉。我正在跟我战友说，你是个好婆娘，我们要北北……北（白）头偕老。老婆说，舌头都大了，还说没醉？丁永建说，舌头大了吗？不可能，不信我喊个口令给你听：一二一，一二一！王广林在一旁喊：同志们好！丁永建喊：老婆好！

老婆笑骂一句，挂了电话。

7

天气晴好，丁永建又驾车在路上飞奔了，只是身边多了王广林。

道路两旁的崇山峻岭变得越来越硬朗，预示着他们即将翻越秦岭，去远方。

昨天夜里大醉后，丁永建破天荒睡到早上八点，醒来竟不知身在何处。渐渐地，脑海里浮现出了头天夜里的情景，天哪，自己竟然喝醉了，竟然跟王广林称兄道弟，竟然在电话里调戏老婆。酒真不是个东西。不，酒真是个好东西。他心里那个死结，终于解开了。

虽然脑壳有点儿疼，但心情大好，有种满血复活的感觉。他拿起手机，先去战友群，把自己的名字加到聚会的接龙后面。然后打开朋友圈看望老婆。老婆淡定如常，发了一张仙客来的照片，好像就是他们家阳台上那盆。下面写着：世间的一切都是遇见，春遇见冬，有了岁月；天遇见地，有了永恒；路遇见路，有了远方；人遇见人，有了生命。丁永建觉得这段话特别好。尤其是路遇见路，就像是说的他。

他照例奉上了三朵鲜花加三个大拇指。

然后，他伸了一个振奋的懒腰，做了那套每天坚持的运动，跳下床来。好吧，轻装上阵，一切重新开始。

王广林来了，居然也背着背囊。见面就说，走，我带你去个地方。

丁永建问，什么地方？

王广林说，你母校。

丁永建一时反应不过来：我母校？哪个母校？小学还是中学？

王广林说，大学！西安炮院，你是考上了的，那就是你的母校！

他脑袋嗡的一下，对，他怎么就没想到过？那是他的母校。这么多年来他一直珍藏着录取通知书，既不愿意拿出来看，也不愿意烧掉它，好像那是他的伤疤，他却从没想过要去学校看看。真是不开窍。他为什么要难过，他是考上了的！证据确凿。

王广林笑说，走，我陪你跑一趟，算赔罪。

丁永建毫不犹豫地接受了这个“赔罪”。他们迅即出发，从广元一路向西，翻越秦岭，去那个他早就该去的地方。路太好走了，很顺畅。丁永建感觉自己的心情也和这条路一样畅快笔直。人生原来是这样的，一扇门关上了，一扇窗就打开了。窗外依然有远方，脚走不到心可以到。

王广林说，你晓得不，你母校很牛，现在叫火箭军工程大学，培养高科技人才的。丁永建故作淡定地说，那是肯定的，这么多年过去了，我都成老头儿了，它肯定会越来越厉害嘛。

其实他心里满是骄傲。太棒了。他想他一定要在母校大门口拍一张照片，发给老婆，发给女儿女婿，发给战友。不，他要发朋友圈！他也要像老婆那样写上一段抒情文字。写什么好呢？这个可得好好琢磨一下。

夜行车

师傅，抽支烟吧。我特意给你买的。

不抽？你不会犯困吗？

不是，不是信不过，你一看就是个老司机。呵呵。我是想，这么长的路，又是夜里，难免的。

起码还有三个小时才能到吧？得四个小时？啧啧。

好，我不睡，我陪你说话。

我给你讲个故事怎么样？

武侠？武侠我可讲不好。我给你讲个美女的故事吧。

师傅你看你一下来劲儿了。

我认识一个美女，是真正的美女，不是说客套话那种。走在街上总会有人看她，男人女人都有。脸盘子好看不说，身材还特好，丰满但不肥胖，走起路来很有弹性。有个词儿叫什么来着，光彩照人。对，就是那样，光彩照人。

不过那美女不能开口，一开口就有味儿了，她的口头禅是，我怕个屁。要么就是，放狗屁！真的，一天要骂好几回。所以她那个美里有屁味儿，与众不同。哈哈哈。

美女叫莱蒂，最早是来弟，来去的来，弟弟的弟。她上头有个姐姐叫招弟，下面有个妹妹叫保弟，她爸妈的心思你肯定懂的。后来真的有了个弟弟，就取名真弟了，也不枉她们三姐妹呼唤这么多年。

来弟去上学的第一天，就要求老师把她的名字改成莱蒂，草字头的莱，草字头的蒂。她并不认识这两个字，就是要老师给她改一个看不出来原来意思的名字。乡下那时候改名简单，说改就改了。她妈妈知道后也没反对，只说了句“人小鬼大”。

莱蒂读到小学四年级时，蹿个子了，老师便把她调到后排，和一个年龄偏大的男生坐。莱蒂很生气，因为那个男生一头瘌疤，就是我们说的瘌痢头，成绩还很差，还总是嬉皮笑脸，色眯眯地看着她。莱蒂觉得恶心死了，一天都不能忍。她求老师给她换位置，老师不理她。她就以不去上学抗议。老师居然没来劝她，她妈妈轻描淡写地说了句，不读就不读吧。莱蒂从此就在家带弟弟，帮妈妈做家务了。

我跟她说，以你的智商，不读书太可惜了。莱蒂不以为然，她说，再怎么讲，我也是初小毕业。你看我头发多好，我要是被他传染了也长个瘌痢头，我还不如去死。

莱蒂总能从坏事里看到好的一面。她的另一句口头禅就是，我这人运气不错。

莱蒂告诉我，她人生的第一次好运气出现在十七岁。

村里有一对夫妇进城打工多年，做卖菜卖肉的生意，需要一个帮手，就回村来找。事先已经说好了一个孩子，可是老板娘回家那天她走亲戚去了。老板娘说，我哪有时间再跑一趟？另找一个吧。恰好莱蒂打猪草路过，老板娘问，你是谁家的孩子？莱蒂说，张贵根家的老二。老板娘说，愿意和我进城打工吗？包吃包住，每个月还有零花钱。莱蒂死命地点头。就这样，莱蒂顶包进城了。

瞧瞧我的运气。莱蒂得意地说。

她妈妈多少有点儿担心，问她：听说城里楼很多，车很多，横冲直撞的，还有人贩子，你不怕吗？莱蒂说，我怕个屁！母亲目瞪口呆，这孩子，怎么还没出家门，就野起来了？其实那是莱蒂金句的首发。

莱蒂进城后（其实就是我们县城，不是什么大城市），跟着那对夫妻起早贪黑地干，同时暗中学艺。那对夫妇也喜欢她，勤快、机灵、嘴甜。五年后，莱蒂就离开他们开始单干了。她在县城最大的农贸市场租下一个摊位，专门卖猪肉，切割起猪肉来，绝对像一个老练的杀猪匠。有人就叫她猪肉西施，她才不领情。她说西施哪有我能干？只会洗衣服。

但这名字还是传开了，很多人为了看她一眼，专门到她摊位买东西，她的位置本来在角落的，角落里竟然火爆起来，其中不乏色眯眯的男人。美人嘛，哪个不想多看两眼呢。对不对？

莱蒂感觉很烦，她才没工夫和他们调情，忙死了。很快，她就在其中选了一个结婚。选中的这个是市场保安，人很本分，高中毕业，更重要的是长得英俊。结婚照拍出来，是要放橱窗的。

我运气不错，帅老公送上门，还高中生呢。莱蒂说。

莱蒂不但练就了一身杀猪手艺，还练就了一张能说会道的嘴。

好多客人因此成了她的回头客。她总是像家人一样给他们推荐猪肉的部位，告诉他们该怎么烧，配什么菜，完全不把自己当外人，有时候还会施以小恩小惠，比如装好袋子了再给个扇子骨或者棒子骨，很贴心地说，拿去煮煮烧白菜汤，味道好极了。

偶尔遇到想占她便宜的男人，她会笑眯眯地高喊一声，老公，过来帮我一下。如果老公不在，她就左右各执一把刀比画着问对方，你看我给你切哪个部位？男人嬉笑一下就跑了。

这叫不战而屈人之兵，知道吧？《孙子兵法》里面的，我读过。

莱蒂辛辛苦苦地赚着辛苦钱，一年又一年。他们有了娃，租了个大点儿的房子，算是在城里安家了。

但是，生活突然发生了变化。

喝水吗？来来，我帮你打开盖子。

哦哟，你喝的还是咖啡嘞。

我老婆也喝咖啡，我只会喝茶，还只会喝绿茶。不讲究。

这种夜路上，喝几口热茶，真舒服。

好，我接着讲。

有一天，猪肉摊来了个中年女人，女人一边买肉一边打电话，手在空中挥着，像指挥作战。她穿着时尚，脖子上挂着珍珠项链，拎着高级皮包，让莱蒂心里好生羡慕。

最要紧的是，女人说起话来一套一套的，相当有水平。比如：没有钱不要紧，可以先去借，借钱并不丢人。当下这个社会，做大事就要靠借，借钱、借力、借势、借人、借观点、借想法，懂了吧？你一旦强大了，不愁还不起。

莱蒂在一旁佩服得五体投地，她原来以为城里女人之所以享福，是因为嫁得好，现在才知道也可以是干得好。她给女人称好肉，很贴心地跟她说，今天这个肉特别适合烧着吃，你去买点胡萝卜，一起烧。胡萝卜就是要和肉烧才出味道，对眼睛还特别好。你烧上一锅，至少可以吃两顿，免得麻烦。

女人说，你怎么知道我没时间做饭？

莱蒂说，你这个大姐，一看就是做大事的人。做大事没工夫做家务的，但营养还得跟上。

女人笑说，你真会讲话。

此后女人就常来了，而且一见到莱蒂就说，你看我今天吃点儿什么？莱蒂就帮她搭配，今天炖骨汤，明天卤肘子，后天丸子汤，大后天炒猪肝，等等。莱蒂很愿意给她当参谋，反正闲着也是闲着。再说，女人让她帮忙拿主意，也算是借了她的力吧？

有一次女人买了肉没走，问莱蒂：想不想和我一起干？

莱蒂说，干什么？

女人说，卖保险。我看你嘴巴这么会讲，长得又好看，挺适合卖保险的。

莱蒂问，什么是保险？

大姐说，这样，你跟我跑一天就知道了。

莱蒂就把摊位交给老公看着，自己跟大姐去了。一天跑下来，她大致上搞明白了，虽然卖的是几张纸（合同），根本性质和猪肉也差不多，就是要对方相信自己卖的东西是最好的，你买了你就赚了。几张纸卖出去，那比半扇猪肉赚得多多了。

她跟大姐说，我愿意做，你教我吧。

大姐说，你运气好，我们公司正在扩展，要招业务员，我介绍你加入，培训两天就可以上岗了。

莱蒂回家和老公说，我运气好，保险公司在招业务员。我不卖肉了，我要去卖保险。

老公大吃一惊：你这人太轻率了，见风是雨，经营了这么多年猪肉生意，好不容易把各方面都理顺了，收入稳定增长，你居然要另起炉灶，从头再来。

老公是高中生，喜欢用成语。呵呵。

莱蒂说，再稳定增长也就那么一点点，没有奔头。我要去卖保险，卖保险会比现在的收入高好几倍。

老公说，天上不会掉馅饼的，你小心被骗。

莱蒂说，我怕个屁！

莱蒂又说，我能把猪肉推销出去，我就能把保险推销出去。我能当猪肉西施，我就能当保险西施。

老公一看挡不住，只好说了句，我倒要看看保险西施长啥样。

莱蒂果然上路很快。她脑子灵光，嘴巴甜，从新手变成保险精英，只用了大半年的时间。

这下子莱蒂干劲儿十足，以前卖猪肉起早贪黑，收入基本不变。卖保险就不一样了，芝麻开花节节高。

她老公服气了，没想到身边还真睡了个保险西施。

莱蒂说，我早跟你说过了，我这人运气好。

莱蒂一走，她老公完全扛不住猪肉摊了，他虽然说话四言八句的，但社交能力并不行，体力也不行，只好彻底关了肉摊，重新做回保安。

做保安，就成天在菜市场晃悠，卖菜的大嫂大姐总爱跟他开个玩笑，调个情，帅哥长帅哥短地叫他，这个给他一把菜，那个给他一条鱼，他又扛不住了，开始搞外遇。

不过我要告诉你老哥，她老公搞外遇，绝对不是因为莱蒂人到中年缺少魅力了，绝对不是。“徐娘半老”这个词对莱蒂来说，永远是用词不当。莱蒂就算是徐娘，也是个不老的徐娘，朝气蓬勃，活力四射。但是，为了卖保险，她起早贪黑，鞋都跑烂好几双，晚上回到家就喊累，嗓子都是哑的，时常是吃过饭倒头就睡，完全忘了身边还有个男人。逢年过节才尽下妻子的义务。偶尔老公按捺不住，她就拿脚踹他，脚劲儿很大的。

老公也知道没法抱怨，他俩的收入太悬殊。莱蒂不这样跑，他们就买不起房，儿子就进不了好学校。再说，莱蒂也从不因为自己收入高颐指气使，她会说，哎呀回家就有饭吃，运气真好。我跑保险，还有人给我搞后勤保障，运气真好。

可是，老公的外遇居然被莱蒂撞上了。

毕竟县城就那么大。农贸市场旁边有个简陋舞厅，大白天也营业，里面拉着窗帘黑乎乎的。老公就带着女朋友去跳舞，男的买票，女的免费。进去后，以跳舞之名搞各种见不得光的名堂。你懂的。

那天莱蒂的一个客户约她在舞厅旁边的茶铺见，她坐在那儿等的时候，就看见老公搂着那个女人进去了，头挨着头，亲亲热热的。她刚站起身想去抓，客户到了。莱蒂马上面带笑容地和客户握手，重新坐下来，开始谈业务。

晚上莱蒂提早回家，很淡定地把饭吃了，再把儿子撵进房间写作业，然后才开始拍桌子审问。一拍桌子老公就认了，完全没用得上家法。莱蒂说：说！这是第几回了？老公说，你就别问了。莱蒂说，我倒是奇了怪了，你上哪儿去找了那么个丑八怪？眼睛都没睁开，鼻子还趴着。老公说，你别侮辱人嘛。莱蒂说，我侮辱人？放狗屁！是她侮辱我！你告诉我，看上她什么了？老公说，她对我好。莱蒂说，怎么个好法？给你钱花了？老公说，那倒没有，就是，她愿意听我说话。她还给我洗头，给我挠背。

莱蒂愣了一下，忽然控制不住地打了个哈欠，嘴巴还没合拢就说：那你说怎么办吧。老公说，你说怎么办，我听你的。莱蒂说：我太累了，我要睡了，今天你睡沙发，不许上床。

老公简直没想到她会这么不了了之。睡沙发根本不算惩罚，反正睡床上她也不挨他。

但是有一回就会有二回。你别笑老哥，就是那么回事。

说起来，她老公也不是真的起了念头想离开老婆，他就是无聊，一身力气没处用，闲的。

老公的第二个女朋友被莱蒂发现后，问题就严重了，性质也变了。

莱蒂暴怒，震怒，怒不可遏，就是小说里常用的那些词，甚至有点儿歇斯底里。她冲着他大喊大叫，骂了很多难听话。骂他浑蛋，骂他没良心，骂他流氓，骂他不要脸。

她老公忍不住回了一句嘴，谁让你十天半月都不理我。莱蒂更加怒火中烧，一阵狂撑：我一天到晚在外面刨食挣钱，累得像条狗，回家还得伺候你让你舒服？你以为你是谁？皇上吗？德不配位！

老公简直没想到莱蒂还知道这个词儿，真是出息大了。他只好一声不响地听着，同时提心吊胆地等着最后一句：滚，离婚！

但莱蒂就是不喊这句。只是骂。骂完他再骂那个女人。把她能想到的恶心词全用上了。一直到骂得没力气了，倒头睡觉。

老公想，看来莱蒂还是要继续和他过日子，继续和他这个浑蛋流氓没良心不要脸的过。老公把心放回肚子里，他可不想另起炉灶。真要离婚他都没地方去，他可买不起房子。

有点儿没出息是不是？确实，她老公没啥出息。

但莱蒂第二天晚上没有回家，这次靠骂已经不能消气了。她不想见到他，她就跑去找那个带她上路的大姐，外扬家丑，以泄愤。

大姐听完她痛说革命家史后，心平气和地说，这个很正常。

很正常？莱蒂不解。

大姐说，他是男人嘛，又正当年，你一天到晚不落家，他得解馋。

莱蒂说，就算是这样我也气不过。我养着他，还养着他儿，给他们好吃好喝，买新衣服新鞋，他倒好，去外面拈花惹草。

大姐看她气成那个样子，就坏笑说，你也可以找一个嘛。

莱蒂一愣，连连摆手：不可能不可能。心里还是晃动起来。也许真的只有这样才能解气，以毒攻毒，以恶制恶。

这大姐也真够狠的，是不是？居然教她学坏。估计大姐自己就不是个省油的灯。

莱蒂身边本来就不缺男人，虽然她挨边儿四十了，但还是特别有魅力，这样说吧，莱蒂就像个二维码，男人就像个手机，还没对准呢，一挨边儿就有反应了。

哈哈，这个形容是我独创的，看把师傅你乐的。

男人的德行，你懂的。

但是莱蒂卖保险卖入迷了，只要见到像样一点儿的男人，就想卖他保险，把他变成客户。莱蒂是绝不和客户谈情说爱的。

可是，大姐在她心里播下了种子，是种子就会发芽。

有一天，莱蒂在微信里发现有个“附近的人”这个功能，把那个功能打开，就会有陌生人来加微信。果然，连续好几个男人主动加了她微信，其中二十啷当岁的，六七十岁的，她都删了。就留了一个四十岁左右的男人。那男人声称自己是个做建材生意的老板，要广交朋友。莱蒂答应见他。见了之后感觉人还行，见多识广的样子。

这样，莱蒂终于有了一个老公以外的男人。说不上有多快活，但回家后就心平气和了。不过心平气和里，又有那么一点心酸。莱蒂自己说的。这肯定是心里话。

有一次见面，男人不知怎么忽然肚子疼。看样子不是装的，莱蒂要带他去医院，他却说自己的医保卡掉了。情急之下，莱蒂回家拿了老公的医保卡，带他去医院看了病开了药，是急性胆囊炎。医生的意思，要他尽快去手术。男人就提出让莱蒂再用老公的医保卡给他手术，莱蒂不干了。问他，医保卡掉了为什么不补办？他支支吾吾的，找各种理由。莱蒂不免起了疑心，想起几次吃饭去酒店都是她买的单，这人抠抠搜搜的不像个老板。

莱蒂悄悄找了个她认识的警察朋友，帮她去查。县城并不大，一查就查出来，原来是个刚出狱没多久的释放犯，进去的原因是在原单位看仓库时监守自盗，盗的就是建材（居然好意思说自己是做建材生意的），数额高达十几万，判了好些年才出来的。

莱蒂戳穿他时，他居然嬉皮笑脸地说，我已经加了你老公的微信，你要是和我分手，我就把我们的微信聊天记录截屏给你老公看。

莱蒂大吼一声：我怕个屁！

不好意思我回个信息。是我老婆。

……好了。

不怕你笑话，我老婆的信息我必须马上回，超过五分钟她电话就打过来了，你在干吗?！没看到我给你发的信息?！

但是，我给她发信息，她可以过几个小时再回，理由一大堆，在忙，在和客户谈事，手机没电了，等等。

没办法。

好了，我接着说。

莱蒂关掉了“附近的人”。但还是不甘心，得空就在网上晃。莱蒂喜欢唱歌，有事没事经常哼哼。有一天，她在“人人K歌”那个软件里，发现有个“同城”，在“同城”里，又发现一个唱歌很不错的男人。男中音，长得还挺帅，自己很有底气地取了个网名“K歌王子”，给他献花打赏的人很多，每天都有好几百K币，好几百大拇指，还有好几千的花。可谓火爆。

她也给他打赏了，上来就是一百K币。因为他唱了一支她很喜欢的刀郎的歌《2002年的第一场雪》，她已经很久没听到这首歌了。刚打完赏，K歌王子就主动加她微信了。

莱蒂受宠若惊地通过了他的微信。还来不及问一声好，或者发个表情符号寒暄一下，王子就“当、当、当”地连续给她发了九个小视频，每一个都像幸福生活的广告，有的是在唱歌，有的是在跑步，有的是在开车，还有的是进入办公室的样子，也还有在家里沙发上看书的样子。

跟着王子发来一段话:“标准自我介绍完毕。以上视频是我近两年的生活状况，我有两份工作，上午在公司处理业务，下午从事自己的业余爱好，即唱歌。我已离婚七十二个月了，尚未找到能一起过日子的女人，我期待与她一起天天看日出日落。”

莱蒂迫不及待回了一个“你好厉害”的表情符号。

唉，真是愚蠢。她也不想想，这么全方位优秀的男人会一直闲着？不要说七十二个月，七十二天都不行。女人有时候就是缺根筋。老哥你说是不是?

男人就提出约见面了。莱蒂想，这也太快了吧？不过，他的模样网上是看得到的，歌也是能听到的，不至于离谱到哪里去吧？见就见，我怕个屁。

莱蒂把九个小视频都看了一遍，男人不瘸不拐，精神状态不错，穿着得体。她就去和K歌王子约会了。一见，感觉还行，不过呢，莱蒂暗地里叫他驴粪球，干起事来温吞吞的，没劲。比前一个差远了。

呵呵，你懂的。

可莱蒂又架不住他对她说的那些情话，那些情话是老公一句也没说过的，有时候他还会给她唱歌，让她非常享受。也许人家城里人谈情说爱看重的就是谈，而不是爱，莱蒂有点儿开眼界的感觉。

有一天K歌王子忽然给她打电话，说他的车在路上出了故障，保险到期了还没缴费，麻烦她先给他打点儿钱修车。这一开口就是三万。莱蒂虽然给了钱，心里却有些不舒服。自己老公都没这么找她要钱。事后K歌王子带了一大束鲜花来看她，千恩万谢的，并且说已经把保险交齐了，下次不会发生这样的事了。

他们见面的次数并不多，因为男人三天两头要去外地谈生意。更多的时候，莱蒂只能在网上听他的歌，给他打赏。有一次，他说“去外地谈生意”的时候，莱蒂在农贸市场看到了他，他正和一个女人商商量量地采购食材，然后亲亲热热地回家去了。

莱蒂马上起了疑心。有老公的前车之鉴嘛。

她多了个心眼儿，每次听他唱歌时，注意看有哪些人在打赏献花，渐渐地，她看出了名堂，每天围着他转的，也就是那么七八个女人。这些女人打起赏来真是舍得，还有点儿比拼的意思。

莱蒂先加了其中一个女人的微信，一聊，那女人说自己是K歌王子的未婚妻，已经好了很多年了，所以特别支持他。就等着跟他一起“天天看日出日落”。

莱蒂更疑心了，又一一加了其他几个姐妹的微信，她以K歌王子粉丝的名义建了个群。一一约见她们。这才知道，每个女人都声称自己是“王妃”，也就是说，K歌王子都向她们许过愿，要和她们成家，“一起天天看日出日落”。因为她们都单身。

她还得知，他几乎是轮番吃住在她们家的（莱蒂想还好自己有个老公）。再进一步聊，每个女人都给过他钱，最多的一位已经给了三十万，其余十几万不等，最少的就是莱蒂了，三万。

莱蒂的傻劲儿过去了，顿时清醒。

一旦清醒，智商就恢复正常了。她去咨询了律师，这算什么罪？律师说，如果证据确凿，当然是诈骗罪。莱蒂就把姐妹们召集到一起开会了，互相一对质，个个大惊失色，搞了半天她们都只是他的未婚妻之一。七分之一或八分之一。和他相处时间最长的一个，已经三年了。他总是跟她说，前妻和女儿的事情还没处理好，所以不能娶她。他根本不是什么公司老板，除了唱歌没有任何工作，一直是女粉丝们养着他。

姐妹们群情激愤，一致要告他，追讨被骗去的钱财。

莱蒂也趁机做了一番宣传，与其拿钱打赏不如买保险，打赏就是肉包子打狗有去无回，买保险还可以有回报。

最让莱蒂吃惊的是，K歌王子的女儿知道此事后，竟表示支持她们。女儿说，你们要是能收拾住他就太好了，不能让他再害人了。他还没和我妈离婚时就开始招摇撞骗，经常有女人上门来要钱，我妈都帮他还了两回，后来实在受不了才和他离婚的，真是丢死人了。

哪知其中一个女人，对他已心醉神迷，就做了叛徒。K歌王子从叛徒那儿得到消息，立即来找莱蒂。他说，我今天就把三万块退给你，你别告我。莱蒂说，其他姐妹呢？K歌王子敷衍说，我一下子拿不出那么多钱，其他人以后再说。莱蒂说，不行，这事不能这么私了。我去找个公证人，你要给她们每人写一份保证书。那我们就不告，给你一次改正的机会。

K歌王子开始耍赖了，他说自己早就把钱花光了，就是坐牢也还不起，他一副死猪不怕开水烫的样了：你去告吧，反正你 分钱也别想拿到。

莱蒂大喝一声：放狗屁！

然后放下自己的保险业务，全力以赴带领姐妹们和他斗争，终于大获全胜，把骗子告进了牢房。

这个女人是不是很厉害？像个红辣椒似的，红红的，亮亮的，看着好看，但你要是惹她，辣死你。

对，老哥说得对，莱蒂不只厉害，还很讲义气。

不好意思你等等，我接个电话。

喂，我不是给你回了信息吗？

……我们已经出来两个多小时了，对。大概十二点之前可以到。你不要急嘛，我会提前给你打电话的……

你身体不好，先躺着……好好，我明白了。

是我老婆，她是个急性子。

你看出来啦？是，我怕老婆。怕老婆才是好男人嘛。

我接着说，后面还有故事。

莱蒂把那家伙法办以后，一下子对所有男人都了无兴趣了。你想，找一个是渣男，找二个又是渣男。

不过，她还是不觉得自己多倒霉，她说她都及时止损了，还长了见识。哈哈，我真是服她了。

那段时间，她老公也很消停，于是夫妻关系缓和了，虽然回不到从前，也算是相安无事吧。

但是人就是这样，不能瞎折腾。折腾凶了就会触霉头。

莱蒂去体检，查出了乳腺癌。那天回到家，破天荒地扑倒在床上大哭，不是哭，是嚎。鬼哭狼嚎。

老公以为是天塌了，他们结婚十几年了，他第一次看到她哭成那个样子。老公有外遇的时候她都没掉一滴泪。

老公先扪心自问，这段时间没干什么对不起她的事，然后才小心翼翼地递了毛巾给她，问她怎么了。

莱蒂把体检报告甩给他，说自己被查出癌症。

老公想，果然是天塌了。他傻呆呆站着，一句安慰的话也说不出来，心痛死了。这么美一个女人居然要挨刀，脑海中竟然浮现出当年他们一起分割猪肉的场景。

越想越难过，他也蹲在地上抱着脑袋大哭起来。一边哭一边说，都是我不好，是我害了你，人家都说老生气就要得癌，是我把你给气坏了，气出毛病了。我对不起你……

你说得对，老哥，她老公不是渣男，他就是出息不大，但心眼儿还是好的，而且真心喜欢莱蒂，见不得莱蒂受罪。

莱蒂突然坐起来，擦了一把脸冲着他吼道：哭什么哭？天还没塌下来呢。有什么大不了的？老娘去做手术就是了，老娘去上海最好的医院！老娘买了重疾险的，怕个屁！

三个“老娘”一出口，莱蒂便重振雄风。

作为一个保险业务员，莱蒂当然没忘记把自己当成客户，几年前就给一家三口买了重疾险。现在这重疾险就让这场灾难有了个兜底的。

莱蒂和老公以最快的速度去了上海。

他们托朋友挂到了最好的专家号。专家看了片子和检测结果后安慰了他们一番，说还不算严重，是早期。世卫组织已经明确乳腺癌是低死亡率的癌症之一。大部分早期乳腺癌患者经过治疗都安度了一生。

两个人大松一口气。

但是，讨论到具体手术时，问题来了。

医生问莱蒂，是做一次性全部切除，还是做乳房重建？全部切除就不用解释了，就是把有肿瘤的那个胸全部切掉，很彻底那种；重建的意思就是手术后可以再做个乳房，在手术的时候，就把皮肤乳头和乳晕全部保留下来，做成个口袋，把里面的腺体切除，就像把包子的馅儿掏空那样，然后再重新植入组织。

听着好笑，但就是那样的。

医生说莱蒂的肿瘤三点五厘米，不算大，并且位置也还好，符合重建的条件。莱蒂问，两种手术区别大吗？医生说，后者的手术当然要麻烦得多，费用也比较高。

莱蒂毫不犹豫地说，我要做乳房重建。我不怕麻烦，不怕花钱。

她没说“我怕个屁”，毕竟是在医生面前。

但老公还是跟医生说，他们要回去商量一下。老公上网到处查看资料，这才发现得这个病的女人真多。关于手术意见也不一致，有人认为没必要做重建，彻底切除为好。第一是怕手术不彻底，第二是怕万一复发更麻烦。就算是不复发，也要多受很多罪。

老公就劝莱蒂，咱们还是做全切吧，反正孩子也大了，咱们也不能再生养了。莱蒂说，我不是为孩子。老公说，我这里你尽管放心，不管你变成什么样我都会和你在一起的，我保证，我发誓，绝不嫌弃你，一辈子照顾你。

莱蒂说：你越是这样劝我我越要保留。我不想后半辈子变成个被你同情的女人，我还不到四十，我日子还长。

这就是莱蒂，她当时还差几个月就四十岁了，按我们老家习惯，都说她四十一了。但她一定会说，我还不到四十。老公犟不过她，只能同意。本来他们家的大事都是莱蒂做主的，何况这件事就是莱蒂自己的事。

老公忽然大喊一声，那就做，怕个屁！

莱蒂哈哈大笑，然后就扑到老公怀里呜咽起来，让老公心疼得不得了。莱蒂说，我转了一圈儿，觉得还是最爱你，我要为你好好地活。

老公竟然在那个时候，有一种“因祸得福”的感觉。

我接个电话，我老婆。

喂，老婆。什么，你已经出来了？……唉。叫你不要着急嘛。这个天气还是有点儿冷的……哦哦，我明白了。

师傅，我们还有多久可以到高速路口？

喂，大概还要半个小时到四十分钟的样子。你找个避风的地方坐着。嗯，知道了，安全第一。

你看我老婆，她居然找了个送外卖的，把她拉到高速路路口了，她听人说，明天就不能出城了。

我赶紧把故事讲完。

莱蒂的手术还是比较顺利的，虽然持续了六个小时，让等在外面的老公心急火燎的。但医生说，手术很顺利，基本达到了预期效果。

总算没有白跑这一趟。夫妻俩都踏实多了。

两周后就拆线了，伤口恢复得也不错。但还不能回家，要等石蜡报告出来，再让专家会诊，再确定下一步的治疗方案。

可石蜡报告迟迟出不来，也不知为何。莱蒂就让老公先回家，毕竟家里还有个孩子，她自己一个人留下来等。

老公刚走了两天，就发生疫情了，你说寸不寸。而且很快蔓延，形势一下子紧张起来。莱蒂感觉不对劲儿，她再去医院问石蜡报告，医院竟然不能进了。

莱蒂当机立断，决定先回家。但长途车的车票已经买不到。她就找的士，准备花大价钱坐出租走，但还是不行。大部分出租车不能离开，偶尔有可以离开的，没有人愿意跑那么远，害怕跑出去就回不来了。她就给老公打电话，让老公在老家找辆车来上海接她。

她居然能想到这么一出，我也真是服了她了。我跟她说，出租车跑长途，还是往返，你知道要花多少钱吗？她说，你要是舍不得，我就走回家。我现在就开始走。

吓得我，屁滚尿流。三百多公里。但是我知道她是说到做到的，她真的敢走。

一个才做过手术的女人啊。我就是倾家荡产也得给她找到车。

哎，师傅，看到没有，前面路边站着的那个人？看到没？就是头发乱飞的那个，站得笔直的那个，我一眼就认出来了，我老婆！

好家伙，还像个女汉子似的。

师傅你觉不觉得她站在那儿就像一面旗帜？

而且是永远都不会倒下的那种？

嗯？你问我是莱蒂像一面旗帜，还是我老婆像一面旗帜？

嘿嘿，差不多吧。都是。

一路平安

早上去机场，八点的航班，预约了一个六点的出租车。下雨，还好我到小区门口后，车很快来了。司机没下车，只是让后备厢翘起来。我只好自己把行李放上去。一坐定，司机就连打俩哈欠，好像以哈欠问候我似的。他收住哈欠问我：怎么走？我说就走新机场路吧。他没说什么，开动了。

我也困，一夜没睡好，今天要面对的事让我不得安宁。可是我又很怕自己一脸倦容出现在他面前。于是想眯一会儿，养出一点儿精神气来。以我的经验，什么面膜营养霜都比不上一个好觉。每每睡了一场好觉，自己都感觉容光焕发。

司机师傅却开聊了：你自己叫的车吗？我说是啊。我听出了他语气里的意思，特意说，我在手机上看着你从西二环转德胜路开过来的。他哼了一声：看不出。我心想，难道我的样子像是不会叫车的人吗？真是没眼神儿。说不定我会的你还不会呢。

天还是黑的，大街上冷冷清清。彻夜未熄的路灯显得疲倦不堪，努力撑着，在期盼拉电门的那一刻。雨不大，空气却因此清新。这是好雨，很贵。雨也是有地位的，春雨地位就高。“好雨知时节，当春乃发生。”杜甫早就赞过了。我猜街两边的树木正愉快地享受着。对我来说，他是好雨吗？是当春乃发生吗？我闭上眼，思绪还是理不清。

可是师傅又说话了：这条路，这条新机场路，简直不合理，妈哟，专门整我们出租车。

我没接茬，也没明白他是啥意思。只是很烦被打搅。

他说：政府还说给我们减压，骗人！全部是骗人！

我还是没吭声，希望他住嘴。

可他继续说，而且越说越生气，反反复复骂骂咧咧的，弄得我不得安宁。我终于被迫听明白了：原来这条新机场路有个规定，去时不收费，返回才收费。

应该去收十块，回来收十块才对，凭什么回来的时候收二十块？他们这样做就是为了剥削我们出租车！太黑了！

后面还跟了一串脏话。

这人的逻辑思维显然有问题。我发现很多时候，人们对问题的看法有分歧，不是立场导致的，而是逻辑导致的。逻辑混乱。为了让他停止谩骂，我婉转地说，其实这个规定不是针对你们出租车的，所有车辆都是按这个收费，去不收，返回收。可能有什么原因吧。

他看我接话，更来劲儿了：能有什么原因？就是几个老头儿坐在屋子里想出来的，想多赚我们的钱。太黑了！×××！太可恨了！

我还是耐心地说，不会吧？你想一下，分开收二十元和单边收二十元，对他们来说收入差不多嘛。我本来还想说，过路费不是乘客付的吗？除非你是空车。但我忍住了。说多了他更生气。

他愣了一下，但继续骂骂咧咧：反正就是对我们出租车不公平。当官的坏得很！坏得很！×××！

我只好不说话了。也许他生气，有一部分是针对我，因为这一趟我不用付过路费，我属于“去时不收费”的。可是等过几天回来的时候，我不是要付二十元吗？我占不了便宜。

他吧啦吧啦骂个不停，很多话我无法复述。耳边总有人骂街，哪怕不是骂你你也会很烦。我真无法想象这样一件事会让他生这么大的气。他是天生如此还是最近如此？也许他有路怒症？或许是被迫害妄想狂，总觉得什么不好的事都是冲他来的？

我决定转换话题，强行转换，咱们要用正能量抵御负能量。我说，今天是惊蛰呢，真正的春天到了。春暖花开了，好舒服。他鼻子里哼哼两声：到处飞起毛毛，有什么好。我继续说，我特别喜欢春天，上有天堂，下有春天。“春眠不觉晓，处处闻啼鸟”，还有“好雨知时节，当春乃发生”，你都会背吧？他从后视镜看我一眼，可能觉得我有点儿神经。我只好问，那你喜欢哪个季节？秋天吗？他说，我哪个季节都不喜欢，季节再好也不是我的，是老天爷的。

他总算说了一句还算有趣的话。

我从后面看到他的侧脸，腮帮子都掉下来了，语气恶狠狠的。看来他还是放不下过路费的事。我只好放弃春天，回到他的话题上，并有意顺着他说：其实呢，最好把所有的收费站都撤了，全部免费。

这下他高兴了，好像我是决策者，大声附和说：就是就是，撤了，全都撤了，凭什么收费？

我还来不及高兴，就发现自己失策了，因为他并没有因为高兴而闭嘴，而是把我当成了他的猪队友：我跟你说嘛，上次有一对老夫妻坐我的车去医院看病，我就骂了几句政府，说当官的没一个好人，×××坏得很。那老头儿就生气了，跟我大吵，还说不去医院了，要送我去法院！太笑人了。那老头儿肯定是个党员，说不定还是个当官儿的，应该查他的财产，把他抓起来。

我心说，他要是当官儿的，会打你的车去医院吗？但我忍住了。跟不能沟通的人沟通，不仅徒劳无益，还会增加新的摩擦。看来出租车司机也该做个心理测评，不然真会影响行车安全。

我问他，你这个车是跟人合开还是自己开？他说，我自己开。我说，那挺辛苦的。这么早就得起来。他说，哪里，我还没睡，昨天晚上接到你的单，我就想跑完机场再回去睡。

这更让我提心吊胆了。一夜没睡，还生气。出租车公司应该有规定，一夜没睡的不能接早上的单。我不敢打瞌睡了，我得为自己的安全跟他说话。

我用体贴的口吻说，那么辛苦，收入还好吧？他哼哼一声：马马虎虎吧。钱再多，都是拿命换的。一天在车上坐十几个小时。过了一会儿又说，女儿在读大学，压力大得很。这让我很意外。我有一半真诚地拍他马屁说：哦，女儿都上大学了，你看着挺年轻的。他还是气哼哼的：读大学也不懂事，一天到晚买衣服。我说，年轻姑娘嘛，都爱美。他说，穿也不好好穿，穿些乱七八糟的。这儿破个洞，那儿掉截线。我说，她妈妈呢？他说，离了。离了好几年了。这我倒不意外，肯定是被他骂跑的。

我努力调节他的情绪，但收效甚微。他的腮帮子还是往下掉。做个乘客也不易啊。我又没有什么奢望，不就是想在正确的时间抵达正确的地点吗？坐过那么多次出租车，还是第一次遇到这种情形，我也缺乏应战招数。

天渐渐亮了，春天的景色从暗夜里显影出来，因为雨水更加鲜亮了。葱绿的树，还有时不时闪过的粉白的花朵，不知是杏花梅花还是海棠。我的心情顿时明亮了许多。我是真的喜欢春天，天堂的样子，就应该是雨水的样子，惊蛰的样子，春分的样子。这次之所以答应他去，也是因为春天。春天让我内心充满希冀，总觉得万物生长的大地上，或许真会长出一朵属于我的花。

可是这么美好的季节，这位司机师傅感觉不到吗？他这辈子，有没有因为春暖花开而高兴过？有没有因为清风拂过脸颊而舒畅过？

过收费站了，我们果然一路开过去，没有缴费。他恶狠狠地说：妈的，等会儿老子回来就要交二十！我说：回来你肯定拉着客人，客人付嘛。他生气地说，反正你不用付。

果然是生我的气。真是毫无道理，我不再说话。我想我是不是太好脾气了？我也应该像他骂的那个老头儿一样，和他做斗争：老子不去机场了，去派出所！这么一想我又乐了。

终于到机场了。清晨的机场竟然灯火闪耀，车水马龙。看来赶早班飞机的人很多，大家都想在正确的时间抵达正确的地点，以完成必须的有几分无奈的行程。

我掏出手机付款，脑子里忽然闪过一念，也许我该平复一下他的满腹怨恨，不要让他成为马路上的潜伏杀手，为和谐社会做贡献。于是我说，我多给你十元吧，算我出一半过路费。

他顿时眉开眼笑，原来他也会笑，笑起来还有几分可爱。他大声说：可以可以。那就谢谢你了。你这个人不错。我说，我也是看在你女儿的分上。他没听到，把箱子拿下车递给我，大声祝我一路平安。

这让我很后悔。我真是笨，我干吗不在他一开始发牢骚时，就表态说愿意多给他十元呢，这样路上我还能清净一会儿，不必跟他聊什么春天，背什么唐诗。太失策。钱在很多时候是相当管用的，可以买清净，还可以买时间。比如追剧，如果不花钱加入会员，每集都要忍受长长的广告，一旦付钱成了会员，片头马上会出现一行讨好的字：尊敬的VIP会员，已为您跳过片头广告。就是这样。我应该一开始就说，我出一半过路费吧。那他的后脑勺也会跳出一行字：尊敬的乘客，已为您跳过旅程噪声。

还好，登机很顺利。

若有若无的小雨只是湿润了空气，完全不影响飞行。乘客们似乎都还在梦里，迷迷糊糊地潜入机舱，又迷迷糊糊地潜伏到各自座位上，连空姐说话都放低了声音。

我的座位不好，在中间。本来我总是选靠过道的座位，昨天因为忙乱，错过了选座位的第一时间，没有过道了，连靠窗也没有了，只剩后舱的中间座位。好在就两小时，忍忍吧。

左右两侧都是男人。左边靠过道这位，是个中年男人，面色微黑，还有些沧桑。上身穿了一件旧夹克，下身是条牛仔裤，也很旧了，头上戴了顶黑色棒球帽，帽子上印着纪念什么公司多少周年。从坐下后，他就两手放在腿上，眼睛平视前方靠背，很拘谨。我心里便暗暗猜测，肯定很少坐飞机，也许是个农民工。

虽然人们常说不可以貌取人，但是根据大数据显示，以貌取人也还是靠谱的。有一回我坐飞机，前排一个男人，头顶是光的，后脑勺留了一撮头发，穿了件黑色中式服装。我当即想，应该是个画家吧。下机时他打开行李箱，取出长长的几卷画轴，我不禁哑然失笑。

不过我还是不能确定。他的一双手开始不安分地交叉相握，左右扭动。手指又白又长，不像体力劳动者。

反倒是右边靠窗的这位小伙子安静，上来就戴着耳机看手机视频，一副拒绝交谈的样子。

飞机起飞后，空姐来送报纸，他不要，送毯子，他也不要。就这么一直僵坐着。送餐了，他接了过来，摆在小桌板上，也不动。还时不时瞟我一眼。我不禁悲悯地想，看来他不知道怎么开盒子。我曾经遇到过这样的同伴。我很想指点他一下，又怕冒昧。

就在我纠结时，他终于打开盒子开始吃饭了。我庆幸自己没有好为人师。接着让我惊讶的是，空姐送饮料时，他居然要了咖啡，而且不加糖不加奶。很西化。

收拾了早餐盒子，我放倒椅子准备睡觉，局促的座位闭上眼或许还宽松些。壮汉拿出耳机开始听音乐。在他塞进耳朵的瞬间，我听见了小提琴的声音。看来我的判断完全失误。显然这位是个白领，说不定还是个海归，只是不修边幅而已。我在美国的时候，看到大部分美国人都穿着随便，夏天大裤衩配T恤，冬天连帽衫配牛仔。除非是要参加正式会议或者晚宴，才把行头拿出来套上。

我决定放弃分析。我又不是心理侧写师。管他是干吗的。刚吃了饭，血氧都跑到肠道去工作了，大脑罢工，正好睡觉。

我闭上眼，心事又浮上来。刚才关机前，我收到他最后一条短信，他说他已经安排好了，会来机场接我。我忽然有些忐忑，我真的要大幅度地改变自己现有的生活状态吗？真的要整机更新吗？他就是一个朋友的朋友的同事，三十天前还八竿子打不着。但如果不如此，我后几十年的生活，真的就这么一直平庸下去，平庸至死吗？人生到底应该娱乐至死还是平庸至死？这个你只有以身试法了，而且没有改错的机会。

有人拍我，胡思乱想被打断。我睁眼，正是那位喝咖啡的壮汉。他像哑巴一样指指我座位前面插袋里的报纸，显然是想看。我连忙抽出来递给他。那是空姐送来的，应该算公物。他哗啦啦摊开报纸，报纸扫到我脸上，我只好往里挪挪，头歪向舷窗那边，继续眯眼思考那些永远无解的问题。我常用这种方式催眠。

突然，飞机剧烈抖动起来，机身大幅度起落摇晃，机舱里发出一片惊叫。我刚有点儿迷糊就被惊醒，感觉是遭遇过的前所未有的颠簸。双手立即下意识地扶住了前排座位的靠背。

飞机正在反复广播，说由于天气原因，我们的航班遇到强气流。请大家系好安全带。

不是飞机故障就好，我暗想。身边的人开始抖腿，一定是左边这位壮汉，抖的频率很快，像发加急电报一样，嘚嘚嘚，嘚嘚嘚。我很想咳两声表示厌烦，但忍住了。右边靠窗的小伙子还算淡定，只是关了手机视频，盯着窗外。

我换了个姿势，想继续睡，实在是太困了。再说我有个习惯（或者叫法宝），每次外出遇到危险时，我就睡觉，感觉一觉醒来危险就会过去。去山区采访，行驶到那些危险的路段时，我就闭眼睡觉，不去看，不去担心，相信驾驶员。本来到了高海拔的地方缺氧，也容易犯困。有一次从睡梦中醒来，同行的人说，你居然还睡得着，刚才我们与死神擦肩而过。我想，就算不是擦肩而过，撞了个正着，那我提心吊胆也没用。

但飞机持续颠簸着，让我很难再下潜到梦里。闭着眼，也能听到有人呕吐了。广播里不断地说，请大家回到座位上，系好安全带，看来是有人坐不住了。于是想起一个段子：“我们抱歉地通知大家，本次航班临时改为翻滚列车。”

我也被“翻滚列车”搞得难受起来，早上吃下去的面条在胃里翻涌。这大概是我遇到的最厉害的一次颠簸。我强忍着，再睁开眼，发现我左边位置空了，看来那位喝咖啡听小提琴的壮汉去卫生间了，棒球帽和揉成一团的报纸被遗弃在座位上。

老天保佑，十几分钟后，颠簸总算过去了，飞机渐渐平稳，机舱安静下来。

这时广播里说，我们的航班还有半小时就要降落了，请大家收起小桌板，系好安全带，卫生间停止使用。太好了。我暗自松口气。可是，我左边的壮汉始终没回到座位上。怎么回事？他换到别处了吗？

我看到空姐在敲卫生间的门了。机舱中部那两个卫生间，其中一个始终是红灯。降落前卫生间停止使用，这个谁都知道。我环视了一下，所有人都在座位上，显然，里面就是我的左邻。但无论空姐怎么敲门他都不开。不会是在里面出问题了吧？

空姐只好用钥匙打开卫生间的门，对着里面说：先生，请您回到座位上，飞机马上要降落了。

没人出来。大家都盯着卫生间。

空姐劝了好一会儿，没用，乘务长来了，又是一番劝说，还是没用。怎么回事？是呕吐太厉害了吗？如果不出来，会影响降落吗？大家都开始感到不安。

我忍不住站起来走过去，空姐以为我们是一起的，没有阻止。卫生间的门开着，我看到那壮汉坐在马桶盖上，头伏在洗漱盆上，一动不动。我冲着他大声说，落地了！下飞机了！

他终于抬头了，即使肤色偏黑，也能看出面无血色。手上可怜巴巴地捏着塑料袋，衣服前襟上有着星星点点的污迹。他费力地站起来，身子有些晃悠，两个空姐立即上前搀扶住他。

举座皆惊。这么一个壮实的男人，竟然被吓到那个地步。他被搀扶到座位上，立即瘫倒下去，一屁股坐在自己帽子上。跟着，飞机咚的一下着陆了。机舱里响起集体松气的声音，很响亮，很悦耳。我虽然貌似淡定，也盼着迅速踩到坚实的大地上。

有人马上开始打电话了："刚才好吓人啊。我们遇到强气流了。我差点儿吐了。"

可是我的邻座依然紧闭着眼，面如土色，一动不动，仿佛还在死亡线上挣扎。我想侧身挤出去，很困难。他块头太大。我只好拍拍他肩说：麻烦让一下。他咕哝了一声“对不起”。但身子仍不动。也许他的身子不听他的指挥了，真正的吓瘫了。

幸好空姐很负责，又过来扶他。我终于得以离开座位。

一场颠簸竟然把他弄成这样，真让我瞠目结舌。或许不是吓的，是他的平衡能力特别差？据说人和人的差异，超出了人和动物的差异。我今天算是真正见识了。

我一边朝外走一边打开手机，急于知道朋友在哪里接我。

不料竟看到朋友发微信说，他临时有急事，不能来接我了。

今天这是怎么了，出门没看皇历吗？落地时我还想，终于不用再和陌生人打交道了。不想还得继续战斗。他说他为我叫了一个车，把司机的手机号告诉了我，还说中午会过来和我一起吃午饭。

我隐忍着，准备回复一个“没关系”，还没发出去，一个陌生电话就打了进来：你是不是某某女士？我是来接你的专车，我在停车场，一辆白色奇瑞，车号是……他一口气说完，我得以应了一个好。然后继续回复微信：没关系，我已经和你预约的车联系上了。

他会遇到什么事呢？肯定很重要，否则不会爽约。是他请我过来的，还给我买了机票。转念又想，不来接也好，此刻我状态那么差，先去酒店小憩一下或许更好。

我还是很擅长安慰自己的。当然，是个中国人都擅长安慰自己。比如丢了钱，会说舍财免灾，打了碗，会说碎碎平安；胖了，会说富态，瘦了，会说精干。总之都可以找到说辞。

清冽舒适的空气迎面扑来，把我从机舱里带出来的郁闷吹散了。显然，此地也下了一场好雨，好雨完成任务就走了。

我很快找到了车，远远就看到一个小伙子站在一辆白色小车旁张望。他见到我，马上对上号了，上前接过箱子，态度很好地说，您就是某女士吧？请上车。我习惯地想坐后面，他抱歉地说，可以请您坐前面吗？后面有孩子的座位，没来得及收。

我瞟了一眼，后座果然有个儿童座椅，还丢了些小毛毯玩具什么的。照理说他应该收拾好，等我的时间足够了。他显然是懒得收，估计是下午还得用。我坐到了副驾驶的位置上，挺好。一个奶爸开车，或许更让人放心。

车上似乎有气味。也许是孩子经常坐车的缘故？我系好安全带，他递给我一瓶矿泉水，显得颇为专业地说，现在咱们去酒店。我说好，有些没精打采。

和司机并排坐着，让我不好意思闭目养神。但也不想说话，我就拿出手机看了下股市，小小操作了一下。又打开电子邮箱，收了两封邮件，简短做了回复。再去看朋友圈儿，点了几个赞。把这些琐事处理了，到酒店就可以小睡一会儿。

奶爸司机一边开车，一边时不时扫我两眼，感觉到他是想和我说话。好吧，我关了手机。他马上说，您是公司老板吧？我说，不是。为什么觉得我是老板？他说，就是吧，感觉你像个女强人。

我暗笑。虽然涉嫌马屁过度，但远远好过早上那个路怒症司机。我回问他：你是兼职开车？他马上点头说是：就是吧，有了孩子，开销太大。我说，现在已经十点多了，你今天不上班吗？他说，我是下午三点上班，每天上午送了孩子跑两单。我说，还有这么好的工作？他有些不好意思地笑笑：就是吧，我在一家酒店做厨师。下午三点到晚上九点。哦，原来是厨师。我反应过来了，车上有厨房的味道。

他特别爱说“就是吧”，听得我难受，真想给他删了。但我还是第一次遇见厨师，挺好奇的。我说，你是烹饪学校毕业的？

他说是的。我说，听说你们烹饪学校的毕业生很俏，毕业前就被抢光了。他没否认。我又说，听说还有好多被各国大使馆抢去了，到外国去烧菜做饭。他说，是的，我们班就有。我说，你怎么不去呢？他说，女朋友不让，她是独生女。

奶爸厨师司机好像对我关注他的职业没兴趣。回答我的语气都很对付，看得出并不是他不热爱这个职业，而是，有些心不在焉。

他忽然问：老师，你是不是特别会玩儿手机？

我说，还行吧。

他说，我想请教你一件事。

我的虚荣心上来了：什么事？

虚荣心真是害死人。我当时应该说，不行，我不擅长。或者说，玩儿手机肯定是你们年轻人厉害。我干吗去管人家的事，我应该闭目养神。我的神经急需养护。但他马上开始讲了：就是吧，这个事已经好几天了，搞得我心神不宁，又找不到人说，我跟你说说。

我只好默许。

他说，就是吧，我有个同学，叫李四，这个月月初被车撞死了。

我心里咯噔一下，好像那个“撞”字是个动作，直接撞了过来。

他却很淡然：他夜里下班回家，骑个电瓶车，被一辆大货车拐弯的时候撞上了，就是吧，刚好是个死角，把他一下撞到河边的护栏上，头破血流，当场就死了。

我说，天哪太惨了。

他说，我们班同学群发了讣告，有几个同学还去他家看了，孩子才两岁。唉。后来，就遗体告别什么的，安葬了。我都没去。就是吧，我每天早上送孩子去幼儿园。下午上班到夜里，根本没时间嘛。不过我还是给了份子钱的。

我心说，你主要是舍不得挣钱的时间。但我说出来的话是，这和手机有什么关系?

奶爸厨师司机说：就是吧，他安葬以后，我就想人都死了，就把他微信删了。反正我也没和他聊过天。加了跟没加一样。他不爱发圈，我也不爱发。我们连点赞之交都没有。

我还是不得要领。这不很正常吗?我的微信好友也有很多这种状态，有时候我都忘了还有这么个人存在。不过，近几年我也有几个朋友去世，我一直没删他们的微信，因为我们曾经有过珍贵的聊天。

他终于转折了，没想到，过了两天，就是三天前，早上起床，我忽然收到他的一条微信，上来就是：你好，我是李四。真把我吓死了。他怎么会给我发信息?我看了下时间，是夜里两点发的。

我也吓一跳。我问，会不会没有删掉，他家里人发的?

他说，不不，我完全删了，我连他电话都删了。我查了通讯录，没他的名字。我老婆让我把手机重启一下，我就重启了。但是第二天早上又来了，还是一句，“你好，我是李四”。我差点儿没把手机扔了。

我心里有些发毛。若是我遇到这事，也会三魂吓掉两魂。

他接着说，我老婆胆子比我大，她说，你回一条试试看呢？我就回了两个字：你好。结果弹出一行字：对方还不是你的好友。你说，你说吓人不吓人？

是有点儿吓人。我说，看这情况，你的确是删了他的微信号。但他手机上的微信号还没删，否则应该出现“对方账号异常”才是。

奶爸厨师司机说，对对，肯定他的微信还在，可能他老婆舍不得删。就是吧，昨天晚上睡觉的时候，我生怕再出什么幺蛾子，把手机拿到厨房去放着，想尽量离我远点儿。

我说，你关机不就行了？

他说，不行。没用。这几天我都关机了。就是吧，我设置成早上七点定时开机。今天早上我第一件事就是看手机，果然又收到了，还是那句话：你好，我是李四。你说这是咋回事？闹鬼吗？

我真后悔让他讲这些。我虽然喜欢侦探小说，但并不打算亲临案发现场。幸好高速路两旁鲜花盛开着，有一段是迎春花，有一段是蔷薇。天上是蓝天白云，人间阳气十足。若是刮风下雨，肯定更让人发毛。

我瞟了一眼奶爸厨师司机，他不像是恶作剧，一脸担惊受怕的表情，偶尔看我的时候，眼神里流露出惊恐和无助。现在，他的身份不只是奶爸厨师司机，还增加了一个恐惧症患者。

好吧，既然揽了瓷器活，总得假装有金刚钻。我做出淡定的样子说，我猜，你和这位同学的关系不好。

他很意外地看我一眼：嗯，不算好。

我说，不是不算好，是很不好。对吧？

他又看我一眼，惊诧莫名。

我说，你别看我，看路。你们之间是不是发生过冲突？

他含糊地说，冲突倒没有，就是吧，我烦他。

为什么？我问。

他沉默了一会儿说，不好说。就是吧，有时候同学聚会，他去我就不去，看到他我心里别扭，我也不想假装热情。

我说，人和人的关系大部分都一般。能成为好朋友的就几个。但你们是同窗，曾经近距离相处过。如果不好，通常是发生过冲突。

他还是支支吾吾的：他那个人，怎么说呢？就是吧，人都死了，我也不想说他坏话。

这种表达我们常见，是一种还算善意的掩盖。为对方，也是为自己。于是我试探着揭秘：是不是你们之间有过情感纠纷？比如，你们喜欢过同一个女生？然后……

他“刺”的一下踩刹车，吓我一跳，话也被卡住了。好在他很快稳住了，只是脸有点儿发白。我明白了，不再往下说，不能搞得我像个巫婆似的。但心里还是有点儿小得意的。

我们的车下了机场高速，进城了。太阳明晃晃的，车流量增大，街边人头攒动，可谓阳气爆棚。

奶爸厨师司机说，老师，你有点儿厉害哦。

我咧了一下嘴，感觉自己气血很旺，嘴角都要起泡了。

忽然手机振动，我又收到他的信息了，还挺长：

“你到酒店了吗？非常非常抱歉，我中午也不能过来了。事情很棘手，一时半会儿搞不定。以后见面再解释。我先让我一个朋友过来陪你好吗？我晚上一定过来。”

我有点儿发呆，想不好该怎么回复。我不能再回复“没关系”了。我又不是过来等皇上召见的臣子。我想了一下，一句话没回，默默将他的微信拉黑。

奶爸厨师司机继续倾诉说，我们之间那些破事儿我就不说了，你肯定也不爱听。你也能猜个八九不离十。就是吧，我想知道他干吗老给我发信息？他老人家的在天之灵干吗不放过我？我都原谅他了。

我放下手机淡定地说，我猜，可能是手机程序出错吧，是自动发送的。“你好，我是李四”这句，估计是他平时加好友时打招呼的话，你删了以后，他又自动来加你。就这样，哪有什么在天之灵。

他还是疑惑：会自动发送？那干吗只发我？我问了我们班上两个比较要好的哥们儿，他们都没收到。

我说：他惦记你嘛，你们关系特殊嘛，你们的结还没解嘛。

我说得有点儿恶狠狠的，带了几分不耐烦。说到底，我们对陌生人的善意还是有限的，何况我心里刚添了堵。

酒店到了，是一个很普通的连锁酒店。奶爸厨师司机殷勤地帮我把箱子拎下来。他放下箱子后，仍可怜巴巴地看着我说，老师，你再跟我说说嘛，我该咋办？

好吧。送佛送到西天。我说，其实你不用紧张，实在不行就换个手机。活人还能被死人掐住脖子？再有，如果你真的想让自己好过一点儿，就去给他扫个墓，正儿八经给他送个行。

这下他脸上有了笑意，还过阳来：哦，对哦。我怎么没想到。我去给他扫个墓，正好要到清明节了。我去跟他告个别，做个了结。

其实人生就是不断寻找平衡，平衡了才舒坦。你去扫墓，我原路返回。我们都可以找到平衡。

他没明白我这几句突兀的话，急于想走。我说，加个微信吧，司机师傅，我也想知道你后面会怎么样。就是吧，这样的事，百年难遇。

他笑了，摸出他那个闹鬼的手机。

我只见过他两次

事后想起这件事，袁立强脑子里便闪出那句歌词：只因在人群中多看了你一眼。这歌好像是九十年代流行的。他的确是多看了他一眼，也说不清为什么，当时街上人还不少，晚上不到九点的样子，虽然不是熙来攘往，毕竟还没到清冷的程度。他怎么就会一眼注意到他呢？那么多人走来走去没谁注意他。

袁立强是和老婆去参加饭局的。结束返回，老婆不肯打车，要坐地铁，还声称不是为了节省，是为了环保。地铁两头都要走，老婆说正好，吃太饱了消消食。他不敢反对，只要一反对就会被老婆教育，说什么退下来了就要回归市民生活，尽量乘坐公共交通，别再把自己当回事。老婆总能拿他退位的事借题发挥，好像他曾经为官是个把柄，落在她手上了，她完全忘了自己当年是怎么催促他大干快上的，鞭子一直高高举着。他只好跟着她走。进地铁，出地铁，再走。

就这么地，毫无征兆地，他就看见了他，还有她。就在离他们家还有一条街的地方。

老夫妻俩站在街边一家超市门口，很普通，甚至灰不溜秋的，没有任何惹人眼球的地方。唯一不同的是，两颗花白的脑袋正一起盯着一部手机。男的忽然抬头四顾，眼神就和即将擦身而过的袁立强对上了。他冲着袁立强有些羞赧又有些无助地说，我的手机，手机掉了。那语气，就像一个做错事的孩子，在向家长求助。袁立强下意识地问，怎么掉的？老男人说，坐车，掉车上了，出租车。

袁立强本可以一声不吭走过去，他就是个路人，没人（包括他自己）会说他失职。但也不知怎么了，他停住脚步，就在那一瞬间，他看到了老男人额头那块紫癜，太醒目了，心里咯噔一下。

旁边的老女人看有人关心他们了，连忙上前讲事情经过。

原来，他们打车回家，在超市门口下车，想买点东西，下车就发现男人的手机掉出租车上了，车一转眼就开走了。女人连忙打电话过去，可是一直没人接，响断了都没人接。两人不知所措，正考虑着要不要发条短信到自己的手机上。

袁立强不由得有些同情他们，现在手机可是比身份证、钱包还重要。但这种事他很无能，在单位靠手下，在家靠老婆。他连忙拉住老婆：你来看看，能不能帮他们一下。他们手机掉车上了。

老婆说，手机号码多少？我用我手机打打看。

老妇便报出号码，老婆打过去，这回不是没人接，而是“你所拨打的用户已关机”。老婆“切”了一声说：他关机了。你肯定没设置开机密码。老男人摇头。老婆说，既然关机，你发短信也没用。

那怎么办？袁立强求救似的看着老婆，就好像是他的手机。

老婆问，你们用什么付的车费？现金吗？老妇说，不是现金，用我的手机扫了他的微信。老婆说，让我看看。

老妇把手机递上，老婆接过来看，果然在上面看到了支付页面，十三块五。但收款方只有一个“林”字，林后面是两个“**”。林某某。信息太少了。再往下拉，终于看到还有一行小字。老婆连忙从包里掏出老花镜戴上，细看，原来那行小字写着，可以给收款方留言。

噢，这里可以给司机留言。老婆很高兴地发出指示：你马上给他发个信息，就说手机掉他车上了，让他和你们联系，你把你这部手机的号码告诉他。

老妇如获至宝，开始写信息。

他们就这样在街头遭遇了，并且开始交谈、商议，乃至共情。川流不息来来往往的路人，除了发生买卖关系外，能产生交集的概率有多大？微乎其微吧。

袁立强注意到，那个老男人虽然着急，却一直不动声色，脸上没有任何表情。额角那块核桃大的紫癜也纹丝不动，不同的是，紫癜上面的头发几乎全白了，当年基本是黑的，而且当年发际线没那么高，还可以遮住一些，现在完全裸露出来了。

袁立强默算着年龄，那时他四十多，现在应该七十多了。自己当年二十五，现在也退休了。一晃三十年。人生河流中最凶猛的一段流过去了，冲走了很多往事。但与他交集的这一小截，始终留在心里。再看老妇，已经完全没印象了，当时就晃了一眼，她搂着两个孩子坐在客厅沙发上，低着头。偶尔抬眼瞥他们。那时感觉她比男人年轻很多，现在已看不出什么差别了。

老妇写短信，是手写输入，一笔一画的，很慢。

老婆性急地说，我来吧，我来帮你写。

老婆接过手机，把输入法调整到语音，讲了几句后，问清了电话号码加上，再斟酌措辞修改完善，然后读给老两口听。

老婆读道：师傅，我们是刚才乘坐你出租车的两位乘客，我们有一部手机掉在你的车上了，请你与我们联系，我们的号码是，189……，麻烦你了，非常感谢。

老婆问，怎么样？老妇连连说，可以可以。老男人只是默默点头。

袁立强沉吟一下指示说，第一，师傅前面加上林，表示我们知道他是谁，林师傅。第二，再加一句：我们已记下了你的车牌，若一直得不到你的回复，我们将与你公司联系。

老婆说，耶，领导还是不一样呢。老妇也说，对的对的，加得好。其实呢，我什么都没看到。

信息发了出去，四个人就站在那里等。

这场景有些像强行插入的广告，没人欣赏它，只希望它赶快过去。但它还就是半天过不去。老婆开始玩儿手机了，袁立强只好左顾右盼。

他们所站立的这条街，曾经是农田，十多年前单位选此地建经济适用房时，还一派荒凉。如今却大变样了，商场娱乐场一应俱全，大晚上的，依然灯火通明，尤其是一家火锅店，热气裹着红灯从木格窗涌出。没想到那么晚还有人吃火锅。火锅店旁边是洗脚房，洗脚房旁边是个二十四小时连锁店，连锁店旁边是某某大药房，家家都亮着灯。人们越来越习惯夜生活了。袁立强每天上班都要路过这条街，不过总是坐在车里一晃而过。一晃而过和驻足细看，感受大不一样。

这时，有两个老头儿从超市出来，一人手里拎了一大袋肉，还时不时拎起来欣赏，像是牛肉，表情甚是满足。大概买到了超市最后处理的低价肉。从笑容看，他们已经想象到了明天的红烧牛肉或者卤牛肉，那因食欲而诱发出的油亮神色，让袁立强想到了《水浒传》里的绿林好汉，鲁智深林冲武松，大声说话，大啖牛肉，大碗喝酒，然后快刀杀人，粗鲁而简单，简单而快乐。袁志强有几分羡慕，他还从来没有过这样简单的快乐。今天晚上的聚会，虽然是几个同学为庆祝他退休而起的，但那种快乐已经变得复杂，大家一口一个祝贺他安全着陆。正常退个休竟然已成奢侈。年轻时他看到过一句话，有人星夜赶考，有人告老还乡，当时很感慨，两句话就说出了人生的况味。但现在，更让他感慨的是，有人告老还乡，有人客死他乡。告老还乡便是福分。

老妇捡了一张超市海报，铺在台阶上，让老头儿坐下。显然，老头儿身体不是太好，很顺从地坐下了。她又招呼袁立强他们坐，袁立强摆摆手，老婆也摆摆手。若四个人在台阶上坐成一排，那就吸人眼球了。

袁立强找话说，你们就住在这附近吗?

老男人点点头，指指前面，说了一个小区的名字。老妇人补充说，我们原来住在市里的，是老城区，娃娃在这边买的房。但这边没有好的幼儿园和学校，他们离单位也远，我们就和他们换了，我们住这边，娃娃他们住我们的房子，我们那边有个重点小学。

看来，老妇依旧沉不住气，和当年一样。

老婆应答说，嗯，这个挺重要的，学区房的房价都高很多。

老妇说，这边小区环境不错，房子也不错，就是生活没有市里方便。我们原来那条街，好多铺子，饭馆药店杂货铺啥子都有。老婆说，我觉得还行，有家大超市挺管用的。老妇说，主要是我习惯在菜市场买菜了，可以还个价。老婆说，超市的菜很便宜呀。老妇说，也是。但没有菜市场的新鲜。

无话了。

袁立强又问，那么晚你们还出来买东西吗?

老妇说，不是，我们去看孙娃子了。一早就去了。每天都是这样的，跟上班一样的。他们生了二胎，忙不赢。

老妇的笑容有满足也有一丝无奈。

袁立强想，看来也是自带工资（说不定还倒贴），去孩子家干活的老人。

老婆放下手机，碰碰他，有想走的意思。袁立强觉得还不能走，老夫妇俩无依无靠的，就指望着他们了。再说，他也想看看老婆采取的措施是否有效。他小声说，再等等，说不定就回信了。

时不时有路人走过，奇怪地看他们一眼。粗一看，街上年轻人居多，手拉手的居多。确实，这个点儿，年纪大的都睡了，哪会在街上逛。明天一早他们才会出来，这也算错峰出行。

袁立强脑海里忽然浮现出那个相似的场景，也是在大街上，也是无聊地盯着来来往往的人。

三十年前。那是三十年前。

那时袁立强刚工作没两年，有一回被派去在一个街口“蹲守”，跟着他师父。他们在街头晃了好几个小时，一无所获。吃饱了汽车尾气，也看饱了街景行人。

师父去厕所了，他小口小口地喝着可乐，眼睛四下里看，见一个老头儿和一个老太太挽着手走过，相濡以沫的样子。他正有点儿感动的时候，就看到他们横穿马路了，红灯还亮着呢，竟视而不见。感人的背影立即褪色了。袁立强很想大声喝住他们，可想想自己此刻的身份是个找不到工作的打工仔，便忍住了。

师父从厕所回来，让他去。他说他不去。师父说，肾功能很好嘛，我看你都喝了两罐可乐了。袁立强嘿嘿一笑，打了个哈欠，又打了一个。可乐也不提神，倦意袭来，早上起得太早了。

师父说，咱们来玩儿个游戏吧。袁立强不解：这个时候还敢玩儿游戏？师父说，是个一举两得的游戏，不影响工作。咱俩从现在开始，朝每个走过咱们面前的人点头微笑，看对方有什么反应。袁立强说，人家会觉得咱们神经病，不会理的。师父说，试试。反正要盯着人看，不耽误什么。

话刚说完，一个民工模样的青年晃荡着从小巷出来，师父朝他点点头。青年诧异地回头看他一眼，眼里满是迷惑，加快了速度离开。袁立强乐了，也开始参与，他朝一个骑着电动车的大伯点头，那大伯视而不见，过去了。

好玩儿。袁立强说。这时，一个拎着篮子买菜回来的大妈走过，袁立强朝她点点头，大妈不但回应了，还笑眯眯地说，下班啦。但大妈之后的一个年轻女孩儿，警惕性很高地瞥他一眼，没有点头。

一个中年女人，急匆匆走过，皱着眉看他们一眼，没有点头。

一对男女走过，两个人都很诧异，没有点头，而是互相对看了一眼。意思是，我不认识，你认识吗？

半个小时下来，袁立强总结，一共有二十多个人，回应的不到十个。占百分之四十左右。

师父说，这说明什么？袁立强说，说明人们警惕性很高。师父说，不，说明人们缺乏安全感。袁立强想，这不是一回事吗？但他不想和师父争，就开玩笑说，说明你太像黑社会老大了，人家望而生畏。师父也笑了，那时他刚剃了光头。

那天他们一直等到晚上九点，才接到撤回的命令。一算，他们在街上晃了十个小时。此后，他再也没在街上待过那么长时间了。

发出去的信息依然没反馈。

老妇时不时地看一眼手机，老婆则时不时地看一眼袁立强。两个人的意思都很明显。

只有老男人很平静地看着大街，好像很安心的样子。他好像对袁立强夫妇非常信任，一切都交由他们处理了，他只需要耐心等待就是了。只在偶尔看向他们时，歉意地笑笑。过了一会儿，他从拎着的纸袋里摸出包烟，抽出一支，刚点上，老妇就从他嘴里拔出来，按灭丢进了垃圾桶。

他尴尬地笑笑，没有反抗。

看来他的烟还没戒掉。

随着时间一分一秒地过去，袁立强也明白，对方回信息的可能性不大了。可是，他还是不想撇下这老两口，除非是他们主动提出来。

老婆终于开口说，我看没希望了。他要是打算还你们就不会关机。如果他不是有意关机，那收到我们发给他的信息就该回。现在一点响动都没有，就说明他是铁了心要占为己有。说不定已经转手卖了，进入地下流水线了。

袁立强说，你怎么知道？

老婆说，这种社会新闻随时可以看到啊。

老妇说，我们可不可以给他打电话？老婆说，不可以，没有号码。只能发信息。袁立强说，要不我们再发一条？语气再强硬些？老婆说，也不可以，那上面写着，只有对方回复了，你才可以再发，对方不回复，就不能再发了。只能发一条。袁立强说，这个设置不合理。

老婆悻悻地说，我们刚才发的那条信息，已经把话说到位了。他不回复就是不想还，他笃定我们拿他没办法。这种人，切。

袁立强说，再等等。

老婆不满地瞥他一眼，说，等也是白等。

她忽然想起什么似的，俯身问老男人：师傅，你手机新吗？老男人回答：是个旧的，娃娃给我的。老婆释然，又问，手机里没什么钱吧？老男人说，微信里有三百多块。没有支付宝吧？没有。老婆更加释然：还好还好，损失不大。言下之意，找不到也罢。

但老男人忽然说，我里头有个手机银行，是工行的。

老婆吃了一惊。袁立强也吃了一惊。他都没有手机银行，他搞不来这些。老妇在一旁解释说，是娃娃非要他下载的，每次用的时候也是娃娃帮他操作。

老婆蹙眉说，那就麻烦了，他如果不还你手机，你还得去银行挂失，不然他盗了你的手机银行就惨了。你带身份证和银行卡了吗?

老男人说，身份证带了，银行卡在娃娃那儿。

他慢条斯理地，从拎着的口袋里取出一个塑料袋，里面有一沓证件，晃眼一看，有身份证退休证社保卡还有公交卡，感觉把身家性命都带在身上了。袁立强很想说他，你怎么把什么都带身上，一旦丢失麻烦就大了。但他没吭声，毕竟不是自己的爹。

老婆说，这么晚了，银行都关门了，只有打电话试试。你让孩子把银行卡号码发给你，我看能不能帮你用电话挂失。

听老婆这样说，袁立强才忽然意识到，这老两口，遇到这样的事一直没求助自己的孩子。要是他老婆，早就给儿子打电话了。他们的儿子是最可以麻烦的人。

袁立强已经不记得他们的孩子是男孩儿还是女孩儿了，当时好像只有六七岁，被妈妈搂在怀里。

那天他们一直在街边荡来晃去，盯着街对面那个小区的大门。

挨到黄昏时，见一个中年男人从大门走了出来。不用掏照片对照，袁立强就确定是他。那张脸已经被他每天看熟了，加上额头的紫癜，跟包公额头的月亮弯刀似的，如假包换。

他和师父交换了一下眼神，师傅微微点头。等了一下午，总算出来了。袁立强跟了上去。那人出门左拐，低个头，慢条斯理地，沿着人行道一直走。师父也远远跟着。男人直接向几百米远的一个公交站走去，袁立强加快脚步跟上，生怕他突然上公交。

这时一辆公交车渐渐驶近，袁立强赶紧小跑几步，假装要赶车的样子。哪知跑到车站，却见他还在继续走，走到车站前面一个烟摊旁，站下，掏钱，买了包烟。然后迫不及待掏出一根，点上，深深吸了一口，转身往回走。

就那么简单，什么事也没做。他们预想中的去银行，去邮局，或者与人见面，等等，都没发生。整个过程就十来分钟。之前他们分析判断，他有可能转移财产，才这么死盯着。

袁立强很失望，看着他重新进入小区，仍低着头，不紧不慢的。从身体语言判断，他什么也没察觉，就是一个周末待在家里，烟瘾发作，发现烟没了出来买烟的男人。

晚上汇报时队长说，不能这么耗着，咱们还有好多活儿呢。师父说，守株待兔不行，最好直接搜查，把物证找出来才能移交。袁立强说，搜不出来怎么办？队长说，我就不信。那封检举信说得很明确，他动了厂里的钱，也收了别人的钱，而且送钱的人和后来分到房子的人，也基本能对上。继续盯着。

老妇背过身去打电话，声音很低很谦和，甚至有点儿卑微。袁立强隐约听到电话里传来一个女人的声音。可能是他们的女儿。老妇又把事情经过讲了一遍。

过了一会儿，老妇挂了电话向大家传达：我们娃娃说手机肯定找不回来了，叫我们马上停机，换个新的。

老婆很专业（也很不以为然）地说，就算电话停机，他也可以进入你的手机银行。你还是要把银行卡挂失才行。

袁立强说，那怎么办？你再想想办法。

老婆叹口气，嘟囔了一句。虽然声音很小，袁立强也知道她嘟囔的是什么，“找些虱子在身上爬”。这是老婆常说的，就是自找麻烦的意思。

袁立强赔笑说，你帮他们试试嘛。你这方面不是很厉害吗？

老婆查出了银行服务热线，开始打电话。但电话打过去，对方一直是电脑应答。原本想就算不能挂失，也咨询一下怎么办，但没个活人应答很难办。

老婆说，没人接。看来只有你们明天去银行办了。

她又碰碰袁立强，似乎说差不多了，该做的都做了，走吧。

袁立强说，我看，银行的事明天再说，你现在先帮他们把电话停机了。至少解决一个问题。不是有个移动热线吗？10086？

老婆瞪着他，正想发作，老妇插话说，他那个手机是电信的，不是移动的，要打一万号。

老婆叹口气，开始拨打一万号，又是很长的语音，选择人工后也没人接听。真是奇了怪了，也许的确太晚了。她把电话放到袁立强耳边，是循环的音乐声。老婆说，听到了吧？

要不，你给一万号发个短信试试？袁立强又提出新建议（新指示）。

老婆有些忍无可忍地说，你来发！

袁立强赔笑说，你晓得我这些事很笨的。他完全理解她的不耐烦。在外头待了一晚上，肯定想马上回家歇着，关键是，想帮忙也帮不了。可是，一个问题都没解决，就这么走吗？现场办公，总得解决个问题才对。

这时，老妇的电话忽然响了，是微信语音的响铃。

大家一起看向她。她看了一眼说，是娃娃。

老婆连忙说：对了，让你们女儿帮忙挂失，年轻人做这种事在行。电话和银行卡，都必须挂失。让他们帮你办。

老妇说，我是个儿子，刚才那个是媳妇。

老男人也说，我们两个娃娃都是儿子，老大在美国。

老婆说，那就让媳妇帮你们。

老妇小心翼翼按接听，把电话放到耳边，但估计按了免提，声音放出来了。仿佛为了印证他们的确有儿子似的，电话里传来小伙子的声音，很大，很不耐烦，大意是叫他们去买个新手机，别再找那个了。

老妇跟他解释说，主要是里面有银行卡，微信里还有钱。

儿子更加不耐烦了：银行卡的钱我今天不是转出来了吗？微信那一点钱就不要去管它了。

老妇说，是这样的，现在有两个人，两个好心人在帮我们，看能不能打电话挂失。

儿子说，哪个在帮你们？大晚上的，你们不要在街上乱找人帮忙，等一会儿多的麻烦都惹出来了。赶快回家，烦球得很。

袁立强觉得这儿子也太差劲了，他拉了老婆准备走，不再管这闲事了，哪知老婆上前一步，对着老妇的手机大声说：

喂，你怎么和你妈妈说话呢？你爸爸妈妈这么晚了遇到这么大麻烦，你不过来帮忙还不耐烦，还发火，养你这种儿子有什么用？你才是烦球得很！

老妇和老男人都目瞪口呆。袁立强也瞠目结舌。估计电话对面的儿子也和他们一样傻了。顿了一下，儿子说，你是哪个？我不跟你说，喊我爸接电话。

老男人拿过电话，贴在耳朵上，但儿子的声音依然在街道上飞扬：不要再找了，我明天去给你买个新的。你们两个现在赶快回家，啥子都不要做了，哪个都不要相信。回家了告诉我。

老男人诺诺应答。

回家路上，两人一直无话。进电梯，袁立强认真地看广告，房产、汽车、美容、植发、种牙，还有拖把……他发现自己虽然天天乘坐电梯，还是第一次发现这么小个空间竟挤入了如此多的广告，就好像他第一次发现他们那条街夜晚会如此热闹一样。看来真像老婆说的，自己已经远离市民生活了。

老婆见他一直在回避自己的视线，直接开口说：你今天有点儿反常哦，袁局。

袁立强只好转过头来，讪讪地说，怎么反常了？

老婆说，为什么那么热心地帮他们？两个路人，帮一下不行，还一而再再而三，无私奉献了一晚上。你对我都没那么耐心。我瞪你你不理我，我发信息给你你也不看。

袁立强说，是吗？我没看到你信息。他掏出手机看了一眼，果然有老婆发的一条：别管闲事了，赶快回家。

袁立强笑说，尊老爱幼嘛。

老婆说，尊老爱幼？结果呢，热脸贴了个冷屁股吧。

袁立强说，你说你一个老师，说话这么不文雅。你不是经常说嘛，该做的事就要做，不要考虑后果。

老婆说，你在避重就轻，我敢肯定你认识他们。对不对？

袁立强想，到底是在一起生活了近三十年，什么都瞒不过。

他嘿嘿笑了一下，以攻为守：你今天才反常。老婆说，我怎么反常了？袁立强笑说，大街上教训人家的孩子。你对自己儿子都没这么凶过。老婆说，那臭小子，你说不该骂？我都想揍他。袁立强说，是很浑蛋。估计也是爹妈宠的。老婆说，我本来已经忍耐到极限了，又碰上这么个不肖之子。

两人进门，开灯，静默了许久的家终于有了人气。墙上的时钟已指向十点。他们竟然在街上站了一个多小时。

老婆换鞋、放包、洗手，一连串的规定动作，但嘴巴并没有停：我敢肯定你认识他们。你就承认吧，至少，你认识其中一个。不会是原来的老同事吧？还是远房亲戚？

袁立强摇头。他真的不知该怎么回答，说不认识也不对，说认识也不对。说认识一个也不对，说两个都认识也不对。不是他不想说真话，实在是，太难准确地说出真话了。

他终于说，其实我只见过他两次。

蹲守两天后，搜查证下来了。袁立强便跟着帅父去他家。

终于走进那个他们盯了很久的小区。是一家国营大厂的宿舍区。他虽然是厂长，家里倒也普通，三间屋子，住了老少五个，其中一个头发灰白的大概是他母亲。他不在。一家老小被请到客厅。他妻子一脸紧张、惊慌，但一言不发，搂着两个孩子坐在沙发上。母亲则木呆呆地坐在饭桌旁，也没哭闹求饶。厂里的办公室主任也来了，在一旁呆坐着。

家里的家具很普通，家电也很普通，一看就没什么贵重的。他们翻箱倒柜好一阵，也没有太大收获，只找到一块没用过的雷达表，还有几瓶好酒和几条好烟。(藏着几条好烟不抽，竟然去街边烟摊上买普通烟，袁立强心里犯嘀咕。)存折一个，但里面只有几百块钱。他们预想中的大额存单，影子都没有。

队长说，再搜一遍，仔细点儿。他们的目标是大额存单。当然也不排除大捆现金。于是大家又把沙发掀开，床垫掀开，柜子里的衣服抖了一床，仅有的几十本书也被一一翻过。最后连墙上的画框也取下来了，闹钟也取下来了，天花板的吊灯也一一看过，还是无果。

队长很沮丧。好几个小时过去了，且不说两个孩子已经开始哭哭啼啼，他们也又饿又渴。看来只能把搜出的物品登记一下，收兵了。

袁立强趴在茶几上一一登记物品。偶然抬头，发现厂长妻子时不时地瞟一眼阳台，眼里有一丝侥幸。袁立强一个激灵，起身去阳台。他四下仔细打量。阳台不大，除了洗衣机，就是扫帚拖把脸盆之类的家什。终于。他发现地面的下水道地漏那里，有一截细线，黑色的漆包线，很不易察觉，像是头发丝缠绕。他蹲下去，把地漏盖子揭开，发现那根线上吊着个卷成一卷的塑料袋。拉上来，打开，里面是存单，十余张。

袁立强把塑料袋递给师父，厂长的妻子开始哆嗦，面如土色。也许那一刻，她死的心都有了。说不定这个杰作，就是她的。孩子哇的一声大哭起来，不知是不是她掐了孩子。老人起身把孩子拉过去，她冲进了卫生间。一个女警跟着冲进去，害怕有意外。

存单的面额，少的五千，多的一万，累计十五万五千。在当时，属于数额巨大。

袁立强因此受到表彰。

厂长因此被判刑十五年。

那就是袁立强第一次见他。

金牙

1

袁医生有一颗金牙，在左侧，左侧的下牙床，说话的时候刚好可以看到。我想起他的时候总是金牙先出现，闪闪发亮，然后才是他那张略微黝黑的脸庞，和有些泛光的脑门儿。

袁医生的金牙在我们东岙镇远近闻名，以至于很少有人叫他袁医生，而是叫他金牙医生，还有人直接叫他金医生、金大夫，平白无故地让金氏家族添了个人丁。

袁医生没读过医学院，也没参加过什么资格考试，放在今天有可能被吊销行医执照。他只是参加过公社的赤脚医生培训，一个月而已，然后就在乡卫生院打针换药。乡下人只要见到穿白大褂的一律叫医生。这让他很满足。

我不知道是不是因为这个原因他受到激励，想成为一个真正的医生。他自己找医书看，钻研，成天跟在院长后面不耻上问，还自费跑到县医院去请教，观摩手术，然后找流浪猫狗练手，慢慢地，竟可以做些小手术了。当时卫生院唯一有医生资格的是院长，但院长不动刀子，只开处方。袁医生便填补了卫生院外科领域的空白。

我见到袁医生时，他已经小有名气了，人称东岙一把刀，东岙就是我们所在的镇，人口两万。有人告诉我，他技术了得，动过刀的地方细细一条线，没有疤痕。我脑子里马上想到妈妈在缝纫机上踩衣服，那也是很细很直的。还有人告诉我，镇里的流浪狗都怕他，哪怕是第一次见到也怕，一看见他就远远跑开，估计他身上有它们同类牺牲的气息。还有人告诉我，乡里的计划生育全靠他了，差不多每对夫妻里就有一个挨过他刀的（他的患者）。还有人说他是个怪人，不结婚不生子，就喜欢动刀子。

那时我高中毕业在家待业，熬了大半年，实在是无聊，父亲就托人让我去乡卫生院跟他学习。说学习，其实就是去一个有人说话的地方混日子——我在家连说话的人都没有。有必要交代一下，那是一九七七年，上半年。

袁医生见到我，亮出那颗金牙朝我笑，脸上泛着油光，我一下觉得点儿腻歪。医生难道不该是高冷的吗？他本来就其貌不扬，还弄颗金牙，好俗气，像旧社会的地痞流氓。

但我很快发现，袁医生和地痞流氓相差十万八千里，他是个宅心仁厚的男人。首先他对病人很好，我从没见过他冲病人发脾气，我甚至觉得他对病人过于客气了，好像病人是他的客户，需要讨好。病人自然对他感激不尽，墙上挂着的几面锦旗可以佐证，有一面竟然写着“妙手神医，华佗再世”。落款还是刘邦第n代孙。

其次袁医生对我也很好，从没把我当成小杂役（父亲跟他说，让我给他当个帮手），而是认真地教我打针换药这些技术活儿。当然，我也比较懂事，每天一到卫生院先打扫卫生，再生炉子烧水，给他泡上一杯浓浓的茶（袁医生不抽烟不喝酒，就是喝很浓的茶），然后搓棉球什么的，做些准备工作。我是从小说里看到的，徒弟最重要的工作就是伺候师父。

我好像挺适合当护士的，很快就上手了。比如打针（学名肌肉注射），从擦酒精棉球到注射完毕，一分钟搞定。只是敲药瓶那活儿我练了一阵子。注射药瓶有个细细的脖子，袁医生给我示范，用镊子一敲就断了。可我不行，要么敲太轻，断不开，要么太重，瓶口断得参差不齐，甚至药液都洒出来了。只好用笨办法，用砂轮砂一下，再掰断。偶尔一下敲开了特别爽，很盼望多一些人来打针，多敲两回。

打针以臀部为主，大概那里肉多不易感到疼痛。开始我不好意思对患者说“脱裤子”，总是支支吾吾的。后来我就不说了，举着针管让他坐凳子上，朝下努努嘴，病人就明白了，自觉地把裤子拉下去。其实在我眼里，不管是白白的皮肤还是黄黄的皮肤，那就是个扎针的地方。一针刺入，缓缓推进，抽出来按压一下，完毕。

袁医生给我找了件白大褂，很旧，很肥大。我稀罕得不得了，拿回去让妈妈改了一下，每天下班脱下后，都叠得整整齐齐的放柜子里，生怕给人拿走了。一件白大褂罩在身上，也有人叫我医生了。我顿觉自己高大了许多，真的可以救死扶伤实行革命的人道主义了。外科室的墙壁上挂着这条语录。

2

袁医生全方位培养我，包括说话。比如，不能说打针，要说注射；不能说结疤，要说结痂；嘴唇发绀，不能说发紫；冲洗伤口，要说清创。还有静脉注射，通俗的说法很多，输液、打点滴，或挂吊瓶。后三种说法，尤其后两种，袁医生是不允许我说的。

作为一个医生，必须要专业，专业。袁医生说话喜欢重复，就好像现在说的，重要的事情说三遍。

静脉注射我也会了：用皮管勒住患者胳膊，拍打两下，找到静脉血管，迅速入针，等血回流上来，就松开皮管。

袁医生狠狠地表扬我：嗬，小妹儿比我还利索呢，利索。

我想这大概是我年轻眼神好，加上女孩子天然手巧吧。

很快我就承包了外科室的大部分工作，打针换药连同搞卫生。袁医生得以有些空闲坐下来看书。他翻来覆去看的就是两本书。一本墨绿色的封面，上面写着“赤脚医生手册”，另一本土黄色的封面，上面写着“外科医生手册”。

《外科医生手册》已经像馒头一样又厚又蓬松了，应该是他的葵花宝典。他一打开那本书，可以半天不挪窝，除非有事找他。书已经被他翻烂了，他用胶带横着竖着贴了好几道，五花大绑似的。我很愿意多做一点事，让他去看那本五花大绑的书。

那段时间，父母都感觉我精神面貌大振，每天早早地就出门去卫生院了，比上班的还积极，其实一分钱没有。

有一天来个小伙子，挺高挺壮，但神情木讷，他递过处方单，是注射青霉素。我有些小紧张。因为我还没给人注射过青霉素，这可不比一般的肌肉注射。

袁医生传授技术时一再告诫我：有些人会对青霉素过敏，一旦青霉素过敏会引起喉头水肿，那是十分可怕的，必须马上注射肾上腺素。他把肾上腺素放在药柜最容易取到的抽屉里，再三指给我看。

我按步骤先给小伙子在手腕上做了皮试。三分钟后，我看皮试处没出现反应，但还是不放心，因为袁医生说，偶尔也会发生皮试没事，注射后有反应的情况。我叫袁医生过来看，袁医生看了也说没问题。我就给他注射了，完毕后我嘱咐他观察一会儿再走。

我去给另一个病人换药，换完药过来一看，小伙子还坐在那儿，闭着眼头靠着墙。我有些意外，拍拍他：喂，你可以走了。他忽地一下滑下凳子。吓得我大叫，袁医生袁医生！他死了！

袁医生冲过来喊，准备注射！我拉开抽屉拿出肾上腺素，敲碎玻璃瓶将药液吸入注射器，举着针管捏着酒精棉球就冲了过去——回想起来那一连串动作还是十分流畅的。等我蹲下去撩起他袖子时，他睁开眼睛，迷茫地看着我和袁医生。原来他是睡着了。

吓死我了。也吓死袁医生了。

小伙子走后，袁医生谆谆教导我：做一个医生，最重要的是冷静，晓得不，要冷静。不要惊慌失措，尤其不能大喊“他死了”这种话。

然后，为了掩饰他自己的惊慌失措，他给我讲了两个因为青霉素过敏而丢命的悲剧，当然不是发生在他手里。

我心里暗想，最好以后不要有人来注射青霉素了，这么吓人。

有意思的是，十年后我因为发烧住院，亲历了青霉素过敏。当时护士给我做皮试没问题，就注射了，哪知刚打完我就反应了，只感觉嘴皮发麻变厚，呼吸急促。我大喊，肾上腺素！事后照顾我的护士说，好危险，你的血压瞬间降到50。然后她又笑说，你居然还喊了一句肾上腺素，是不是也学过医？

我羞于承认，但马上想起了袁医生的金牙。

3

在我熟练掌握了基本的打针换药技能后，袁医生决定教我创伤缝合技术了。这在他也是顶级技术，属于看家本领。我很激动，如果以前学的是护士手艺，现在学的就是医生手艺了。

袁医生让我先在枕头上练习，就是检查床上的那个白枕头（早已泛黄），他当年就是那样开始的。手术缝合针和缝衣针完全不同，是弯曲的，像月牙一样。要先用专门的钳子夹住针，然后缝一针，打一个结，其实是打两个结，剪断；再缝一针，再打个结，剪断。以至于后半生我一听人说，某人伤口缝了六针或八针，我脑海里会自动浮现出六个或八个小疙瘩。

我在枕头上反复练习，缝了拆，拆了缝，渐渐地，拿钳子的手也自如了。但枕头就是枕头，我始终不知道针线穿过皮肉是什么感觉。

终于，袁医生让我进手术室观摩了。卫生院的手术室虽然简陋，却不乏庄严。我也全身白大褂加上白帽子白口罩，然后学着他的样子反复洗手三分钟，戴上手套，并两只手向上举，不再碰任何东西。

这可是正儿八经的手术，不比在门诊缝个表皮外伤。一个医生替他做麻醉师，另一个医生替他做洗手护士。乡卫生院每个人都是身兼数职。我就是个专一的旁观者。

袁医生站上手术台，无影灯下，他的金牙和油腻的脸庞以及浓重的土话都不见了，只剩一双无比灵巧的手，来回穿梭，翻转自如。我目不转睛地盯着那双手，看它给患者备皮，麻药之后，拿起手术刀缓缓切开患者腹部，血慢慢涌出……奇怪，我竟一点儿不害怕。有时候不恐惧源于经验，有时候不恐惧源于无知，我肯定是后者。助手给他递上一把把止血钳，他一一钳住，快速操作的同时，也没忘了给我讲解。

躺在手术台上的患者，是一只没能躲过他的大黄狗，他要给它切除阑尾。据说以前他练手艺时总是切除生殖器（阉割术），也许切阑尾更适宜我观摩。

我几乎还没看明白，他已经切除掉阑尾开始缝合了，一层又一层的。我才知道腹腔手术需要缝合五层，腹膜，肌肉，筋膜，皮下脂肪，然后是表皮。前四层用的是羊肠线，可以融化在体内，最后一层用的是丝线，伤口愈合后要拆掉。（现在科技发展，表皮那层也不用拆线了。）只见他的两只手来回穿梭，真能用上“行云流水”这个词。

不到半小时手术就完成了。我毫不吝啬地赞美说，袁医生你太厉害了！不是一般的厉害！

袁医生心满意足地接受了我的赞扬，说了句今天很顺利，很顺利。然后他用镊子拨拉像蚯蚓一样的阑尾给我看：看到没？上面已经有炎症了。意思是，大黄狗也没有白挨刀。

趁袁医生心情好，我问他，听说你曾经一个人打着手电筒给书记的夫人切了阑尾？袁医生的金牙闪闪发亮，笑道，夸张了夸张了。

他说他刚到乡卫生院时，有两回眼睁睁地看着乡民因为干活受伤没能及时缝合，导致流血过多甚至留下残疾，很难受，就下决心自学。他先照着书本在枕头上练，然后买块猪肉来练，再然后为了获得在活体上切割缝合的感觉，就给猫猫狗狗做手术。后来就大起胆子给人的伤口缝合。但始终停留在表皮缝合阶段，没做过手术。

"终于有一天老天爷给了我一次神遇。"袁医生一脸庆幸感恩的表情。那天乡里书记的老婆肚子疼，疼得打滚。当时已经是夜里了，卫生院就他在值班。他马上诊断出书记老婆是急性阑尾炎。可是要送到县医院起码得一个多小时，没有车，只有拖拉机，路上还很颠簸。书记老婆拽着他的胳膊说，袁医生救救我，你给我把肚子切开，把疼的地方切掉，我受不了了。他看着书记不敢应，书记焦急地问：你行吗？他鼓起勇气说，应该可以。书记便签了字。

院长知道后，扑爬跟斗地跑来给他当助手，先换了个一百瓦的大灯泡，又拧亮两把三节电池的手电筒，就在门诊室那张检查床上，袁医生胆大心细地完成了他的处女作，圆满成功。

首先诊断无误，果然是急性阑尾炎，阑尾处已破溃，几乎要穿孔了。一旦穿孔形成腹膜炎麻烦就大了，有可能丢命。然后手术完美，丝毫没有感染，留下什么后遗症。书记老婆七天后拆线了，伤口长得很好，于是到处说，金牙医生手艺之好，比县里的医生手艺还好。我马上就不疼了。

袁医生趁机向书记提出，给卫生院建个手术室。书记没理由不同意，那时计划生育已经开始了，正好也需要。卫生院终于有了手术室，虽然简陋，一张手术床一盏无影灯一个手术器械车，但袁医生终于可以上手术台了，不用打手电筒了。遇到急症，或计划生育需要，他便一展身手。渐渐地，他的技术被乡亲们认可，金牙的美名四处流传。

4

那次手术后，我对袁医生更加膜拜了。我把他那本五花大绑的《外科医生手册》拿回家，细心展平卷起的页码，用妈妈的铁熨斗压平，再用父亲原先绘图的坐标纸包了个封皮，最后请妈妈用毛笔写了书名——妈妈的字全家第一（父亲语）。

袁医生接过书，金牙亮闪闪的，感叹道：太好了，简直好惨了，跟新书一样，我又可以看几年了。

我说，我看到你每次抱起这本书就跟抱了个大馒头似的，恨不能一口一口吃下去，连渣渣都不剩。

袁医生说，你说得相当准确，相当准确。我看你可以当个作家。

我顿了一下，毫不害羞地说，我就是想当个作家。

袁医生没有大惊小怪，笑眯眯地说：可以可以，我看可以。

这是我第一次和人谈起我的理想。我很感谢他让我说出了自己的理想，并且没有嘲笑我。

袁医生说，你以后能去读个大学就好了。

我说，你怎么不读呢？

他说，我高中还没毕业就搞运动了，大学停了。后来只招工农兵学员。我又不算。我要是能上大学，肯定还能医好更多的人。我读书的时候成绩好得很呢。

他的眼神流露出无限的向往和无限的遗憾，搞得我也失落起来。

第二次观摩袁医生手术时，我有幸动了手脚。

缝到最后一层的最后两针时，袁医生忽然说，你来试试。

我就鼓起勇气站到他的位置上，屏住呼吸，缝了最后两针。完成后，我的手微微战栗，脸颊发烫。人生第一缝啊。缝真肉皮果然和枕头完全不一样。

不过和袁医生比，差距马上出来了，我的针脚太大，也有点儿歪。

袁医生还是鼓励了我：第一次，不错，很不错。

我的患者也是一条大黄狗，清醒后，我讨好地给它吃了一个包子，请它多多包涵。忽然就体会到了袁医生平日里对患者的心情。

回到家，我隆重地告诉父母，我上了手术台，我给狗狗缝了两针。

妈妈说，这个金牙，胆子也太大了，居然让你上手术台。我无比兴奋地说，我以后也要当外科医生，我喜欢做手术。

我居然忘了自己才说过想当作家。

爸爸说，当医生很好啊，哪朝哪代都需要。

妈妈说，就你那个体质根本不行，外科医生做 台手术要好几个小时，你根本站不下来（在妈妈眼里我永远都是个弱小的丫头）。

父亲安慰我：要有机会读个医学院，还是有可能的。

我一下觉得很沮丧，感觉上大学这事离我太远了，比月亮还远。袁医生那么想读书都没读到，我就更别指望了。

我继续去卫生院混日子，在那里好歹还能有点儿存在感。每天听人叫几声“医生”，说几声谢谢。

5

转眼我在卫生院已经混了小半年，从春到秋，秋分都过了。

那天早上袁医生一来脸色就不好，说头疼，进到里间休息去了。我猜他昨天连续做了两台手术，累到了。

天气依然很热，秋老虎发威。我坐在诊室搓棉球，对着一台老旧的电风扇吹，听窗外最后一批知了在声嘶力竭地叫，一时间有些厌倦，也有些惆怅。这样的日子什么时候是个头？我真的要永远在这里混日子吗？翻年我就十九岁了。

忽然听见门外一片嘈杂，有人大哭，有人吆喝。我站起来想出门看，却见三四个人冲了进来。大哭的是个年轻女人，捂着脑袋，血从她的指缝流出，像几条红色的蚯蚓爬过脸颊，吆喝的是她家人，说家里盖房子，一根房梁掉下来打在了她脑袋上。

金牙医生呢？金医生呢！金大夫！他们大喊大叫，金光闪闪。

袁医生从里间出来了，他皱着眉，先冲女人大喝一声：不要哭了，哭了流血更多。他很少这么凶，显然有些烦躁。然后他查看了伤口，对众人说，问题不大，缝几针就好了，缝几针。

他把我叫到一旁低声说，你来做。我今天人不好，脑壳痛。可能感冒了。我瞪大了眼睛。他说，就是个表皮缝合，伤口不大，缝几针就可以了。你没问题的，没问题的。

我点点头，心情很激动，转身去拿器械包。

女人见我忙碌，意识到什么，哭着说，我不要她缝，我要你缝。袁医生说，她也是医生，手艺比我还好，好得很。女人还是摇头说，我不要她缝我要你缝。那语气就跟孩子说，我不要吃药我要吃糖。

袁医生说晓得了晓得了，你不要激动嘛，安静下来，一激动你的血全流出来了。他一边说一边用纱布给她按压止血。

袁医生让家属出去，把她安置到椅子上，拿出做手术的洞巾盖住她的脑袋，朝我使个眼色。我上阵了。

在此之前，我已看过多次袁医生给老乡缝合伤口，程序已经烂熟于心。先用剪刀剪掉伤口四周的毛发，有些已经被血液浸成一缕一缕的，然后做清创，然后注射局麻，然后穿针引线。

开始缝合时，面对那道血糊糊的口子，我的手还是有些抖。拿着亮晃晃的针下不去手。我闭上眼在心里默念三遍：我是为她好，

我是为她好，我是为她好。然后，就下手了。

我每缝一针，就看袁医生一眼，他点点头，我就继续。渐渐地淡定了，手也稳了。一共缝了五针，我感觉我那五针缝得比平日里练习时还要好，针脚、间距都很标准。

袁医生给我比了个大拇指，然后一屁股坐到旁边的椅子上，看上去很虚弱。

我仔细包扎好伤口，摘下女人的洞巾。女人已经平静下来了，但抬眼看到我，尤其看到我手套上的血迹，还是很惊诧：是你给我缝的？

我装作没听见，去拿绷带给她缠脑袋。她伸手去捂脑袋，好像要确定脑袋是否安在。袁医生在一旁说，不要乱碰伤口。我告诉你，缝得很好，不信拆线的时候你看。

袁医生的语气不容置疑。女人终于不说话了。

走之前女人说，谢谢了，医生。她是冲着袁医生说的，捎带着也看了我一眼。我的满足感瞬间爆棚，早上的厌倦情绪和惆怅心情，都已不复存在。我的天，说不定以后我也可以和袁医生一样自学成才呢。我开始想入非非。

我如长辈一般对女人说：今天流了不少血，回去煮两个鸡蛋吃。

6

不料这次缝合，却是我“行医”的终结篇。

就在我给那个打破头的女人缝了针后的第二天，父亲告诉了我恢复高考的消息。大学要面向全社会招生了，也就是说，我也可以通过考试进大学了，忽然感觉天地开阔，激动不已。

我毫不犹豫地抛弃了袁医生，开始在家复习。我甚至都没有善始善终，去卫生院给那个女人拆线。什么注射、清创、缝合，都被我抛在了脑后，我抱着仅有的几本书开始死记硬背，甚至仅凭《新华字典》后面的历代皇帝年表复习中国历史。

某一天忽然听妈妈说起了袁医生，感觉很遥远。

妈妈说，今天我去卫生院拿药，听说袁医生的金牙没了，成了个“缺牙巴”。

我扑哧一下就笑出了声，想象他张开嘴缺颗牙的样子。

妈妈说，你可真是个没良心的丫头。

我一想是啊，我怎么能这么开心地笑呢。袁医生是我师父，虽然我这个徒儿没出师。我讪讪地说，那个，我的意思是，怎么没的呢？

妈妈说，说是出了一起医疗事故，患者追着他赔钱，他没钱，就把金牙取下来赔了。

哦，这让我很意外。第一没想到他那颗金牙是真的，我曾怀疑只是包了一层金纸。第二没想到他会出医疗事故，那么心细的一个人。这也太倒霉了。我感叹了一句。但也就是感叹而已。

一个多月后，我和五百七十万考生一起走进考场，再之后，我收到了录取通知书，不是医学院，是大学中文系。我那个数理化基础哪里考得上医学院。文科毕竟可以临时抱佛脚。

我安慰自己，读中文系，也算回到初心了。

妈妈说，我看你走之前应该去看一下袁医生。

我没吭声，卫生院已经离我非常遥远了，连东岙镇都要被我抛在脑后了。妈妈见我不搭理，语气严肃地说，你知不知道，那个找袁医生闹事的患者，就是你缝合的那个女人。

我目瞪口呆，简直无法相信，我觉得我缝得很好，袁医生都说我缝得很好。不可能。完全不可能。

妈妈说，我骗你干吗？我去问了袁医生，他亲口告诉我的，就是那个被打破头的女人，只不过袁医生坚持说是他缝的，不准那个女人来找你，害怕影响你复习。他还特意嘱咐我不要告诉你。

我跑去看袁医生。

袁医生一见到我就开心地笑道：大学生，太好了，太好了。我就晓得你能考上，你可以去上大学了。好羡慕你哟，太羡慕了。

他果然成了缺牙巴。

我说，那个，那个女的，那个伤口……

他摆摆手：莫事莫事。伤口感染很常见。就是掉了一根很短的头发在伤口里，天又热，有点儿感染。现在已经好了，已经好了。

我说，那你的牙，金牙？

他说，也不晓得是哪个造的谣，牙齿是自己掉的，牙龈炎。原来就是个烂牙齿，烂牙齿，包了一下。

我将信将疑，这和妈妈说的不一样。他是不是为了安慰我才这样说的？但我没有追问下去，选择了相信。因为这样我可以安心些。

我将父亲托人给他买的新版《外科医生手册》递给他。袁医生拿到书，半晌无语，抬眼看我的时候，竟然眼泪汪汪。我是第一次（好像也是唯一一次）看到有人拿到书眼泪汪汪的。他抹了一下眼泪不好意思地说，又有大馒头可以吃了，呵呵，大馒头。

7

等我再一次想起袁医生时，已结婚成家有了儿子。

儿子一岁多时，有一天扶着小铁床没站稳，忽然摔倒，手指被铁床的一个挂钩割伤，鲜血直流。我抱起他冲向最近的医院。那时儿子已经二十多斤了，我就像抱着一袋米，气喘吁吁。他一路大哭，我也一路大哭。我们冲到医院，挂上号，一个非常年轻的男医生把我们带进外科室。

伤口在小指和无名指之间，手上全是血，很瘆人，我和儿子还在齐声大哭，充分体现出了母子心连心。那个年轻医生戴好手套拿着镊子和针走过来，祈求似的说，不要哭了好吗？你们两个一起哭，让我怎么缝？

我一下清醒过来，想起了袁医生，想起了遥远的卫生院的秋天的早上，想起了那个被打破头的女人。

我止住哭，叫儿子也忍住。哭声便戛然而止。显然我们两个完全是习惯性在哭，说收就收住了。

年轻医生定定神，开始操作。他的一双手十分灵巧，完全是袁医生再现，青春版的袁医生。因为孩子手小，皮肉嫩，他选了一根最小的针。我屏住呼吸，以一个内行人的眼光盯着，完全忘了那个针是穿过我宝贝儿子的血肉。清创之后，他开始缝合，缝了两针，应该说是很完美的两针。

我脱口说，你缝得太好了，跟袁医生一样。

他很诧异：袁医生是谁?

我说，就是金牙医生啊，金医生，他有一颗金牙。

青椒肉丝

1

梅梅不善厨艺，进了厨房就是瓜的（老公语）。虽然她并不是出生在一个被宠溺的富裕家庭，但在出来打工之前，还是被母亲照顾得很好。记得第一次给雇主做饭，就惊掉了女主人下巴。女主人买来肉馅儿让她做肉丸子，她一个也没团住，全部碎在汤里。这都罢了，女主人说，既然碎了，就用它吃面吧。梅梅便将面条煮进肉汤里，然后捞起面把汤倒掉。女主人端起碗看到只有光面，问她：肉汤呢？她说煮好就倒了呀。女主人哭笑不得，问她，在家不做饭吗？你也十九岁了呀。她说，都是妈妈做的。说这话时还有几分娇滴滴。女主人明白了，孩子在家也是个宝呢。

当然，这已经是二十年前的事了。二十年前她刚进城。现在，她已经是这个城市的一员了，在城里买了房，在城里结了婚，有了娃。每天淹没在几千万人口中，为生存而忙忙碌碌。

其实像梅梅这样不善厨艺的女人很多，还大有增长的趋势，如今吃饭变得容易了，叫外卖，买半成品。就算是从前，也有很多女人不喜欢烹饪，只不过传统观念认为女人应该围着锅台转，就掩盖了这个事实。常有男人骄傲地说，虽然做饭的都是你们女人，但大厨师都是我们男人。每次听到这话梅梅总想接一句，我们女人很乐意把这个强项拱手让给你们。

因为不会做饭（其实就是炒菜手艺差点儿），梅梅私底下认为自己算不上最佳老婆。但是，必须说但是，比起老公，她起码是及格的。她的老公作为丈夫，肯定是年年挂科。不是她苛刻，连她婆婆都觉得自己儿子太懒了，懒得不像话，“都怪我小时候宠他宠凶了”。

当然，婆婆是可以这样说的，若换作梅梅吐槽，婆婆就会说，他小的嘛，你让到他嘛。

梅梅这个时候只好在心里骂自己，哪个喊你找个比自己小的丈夫？活该。虽然就小一岁，也成了被娇惯的理由。谈恋爱时老公直接撒娇，叫她梅姐姐。梅姐姐，我饿了，梅姐姐，我出去耍一哈儿。梅姐姐，帮我按下肩膀嘛。梅梅说，你烦不烦啊，不就小一岁吗？凯叔说，是一岁零四个月。梅梅气不过，魔高一尺道高一丈，就反过来喊他凯叔。老公的大名叫毕凯。

凯叔个子不高，五官也谈不上英俊，就外貌来说比梅梅差一大截子。可当初认识时，梅梅一看他是大学生，马上自动矮了下去，虽然没矮到尘埃里，看他时也是自带美颜功能了。她是差了几十分没能上成大学的，对考上大学的人很是钦佩羡慕。而凯叔一见到梅梅，立即心旌荡漾，喜不自胜。当得知梅梅比他大一岁时，他竟调侃说大得还不够多，还抱不到金砖。

年轻时的梅梅很好看，皮肤也白，而且经济上还有点底子。她的第一份工作是徐孃介绍的，徐孃就是那个惊掉下巴的女主人。因为徐孃，梅梅觉得自己的运气还不算差。徐孃把她介绍到自己朋友的公司当文秘，其实就是倒茶跑腿接电话。但老板见她老实本分脑子还灵光，就很信任她，还给了她三千块公司的集资股。这三千块后来变成了三万块，让梅梅有了第一桶金。虽然最终公司倒闭了，梅梅还是很感谢那个老板。

遇见凯叔时，梅梅已经在城里站住了脚，于是一心一意想找个大学生。她把凯叔的情况告诉了徐孃，征求意见。徐孃问，你是不是有点儿犹豫？为什么犹豫？梅梅说，他啥子都好，就是比我小一岁。徐孃说，嘿！他不嫌你大，你干吗嫌他小？梅梅一听乐了，便放下了这个顾虑。

却没料到，凯叔还真是倚小卖小，得了便宜不卖乖。

凯叔一个月就四千多不到五千块的收入，却过得无忧无虑，一下班不是盯着手机斗地主、刷抖音，就是在院子里打篮球。问他干吗不像别人那样加个班挣个外快提个职？他回答说，累死累活最多增加几百块，不如过得舒服些。想来，这就是网上说的躺平吧？

可是，一个男人在家，既不主内也不主外，干吗结婚？直接在父母身边躺平不是更好？

结婚头两年，梅梅尚有能力支撑。吵架是从有了孩子开始的。不帮忙做家务都罢了，也不管孩子学习。梅梅原先是指望和大学生结婚，孩子的学习有人管。哪知凯叔一点儿也不发挥他仅有的优势，从不辅导孩子作业，照玩儿不误。这让梅梅身心无比疲惫。

公司里的姐妹常说梅梅嫁得好，是城里人，还是大学生。梅梅心说，那都是给你们看的，我可是每天守着驴粪球在过。过去总形容漂亮不中用的女人是花瓶，现在男花瓶比比皆是。

所以，每次吵架，梅梅最常说的一句话就是，我不晓得我到底是嫁了个老公，还是领养了一个儿子。而凯叔也从不示弱，撑她的常用语是，你不想过就明说，老子净身出户。

你看嘛，他还那么牛，一副中原霸主的样子。

2

昨天梅梅和凯叔又吵了一架。

下午四点多凯叔发信息给她，说他有要事不能去接孩子了。梅梅没办法，只好提前半小时下班去接。若让女儿在校门口多站半小时，老师的脸会黑到融入夜色。可冲出门时恰被经理撞见，毫不客气被记了一次早退。公司规定，迟到或早退都要扣分，三次就算旷工一天。梅梅无法保证自己不迟到（住太远了，晚到一分钟就算迟到），早退本可以避免的。这个月她已经迟到两次了，这下好，凑齐了，要扣一天工资，五十块。她真是好心疼。梅梅在一家美容公司上班，这是她的第五份工作。前面的各种不如意，到这家才稳定下来。她考到了美容师资格证书，已经做了十年了。很是珍惜。

可是等接了孩子回家，却见凯叔在小区打篮球，汗流浃背的，还发出嘿嘿的声音，真是气死她了！气得晚饭都没吃。

吵架时凯叔振振有词地说，我们公司要搞团建，要比赛篮球，我是我们部门的主力，必须抓紧练习哋。梅梅说，就你那个个头，还主力？你哄鬼哟！凯叔说，当然是主力！我投篮之准，你是没看到。他们还喊我去体育馆练球呢，我想到我们小区有场地才回来的。梅梅说，你知不知道？我今天因为早退，这个月算旷工一天，要扣五十块！他说，嘿，我以为多少呢，就五十嘛。梅梅真恨不能将手上的锅铲扔到水池里，想到女儿在家，终于还是忍住了。

为什么他总是这个德行？一副视钱财如粪土的样子？每个月把那点儿工资一交给她就万事大吉了。他也不算算他们的开销，根本不够。尤其是今年，因为疫情两个人的工资都缩水了，他只有三千了（但上交时依然自留五百），她缩水得更厉害，原来一个月可以拿到五千多（底薪一千五，计件工资可以拿到三千五），疫情后客人锐减，计件工资只有一千多了。如此，他们两个人加起来还不到六千块。还房贷，交女儿的学费和各种费用，水电气，电话费以及日常开销，真是紧巴巴的。每个月不到月底，钱就见底了。梅梅为了多挣个一两百经常加班，星期天也不休息。可是这个牛哄哄的凯叔，依然无忧无虑。

梅梅真的是烦死了。怪也没处怪，老公是自己找的。公公婆婆因为她生的是女儿，也极少来看他们，更不要说资助了。娘家那边，不找她要钱已经是很体谅了。她拳打脚踢，一个人战斗。

第二天上班，梅梅的气还没消，就偷空给徐孃打电话。

她在徐孃家做了五年，直到徐孃孩子上学。那五年她没学到什么烹饪手艺（徐孃就是个不会烧菜的革命前辈），但在徐孃的鼓励下，她很努力地通过了十几门考试，拿到了自修的大专文凭。这个文凭对她后来找工作起了非常重要的作用。所以在梅梅心里，徐孃就是她的姑妈、姨妈或者干妈。

徐孃听她发完牢骚后说，梅梅你不能这样，老跟他吵没用的。他也是三十六七的人了，改不了的。就算你吵赢了，嘴巴上占到便宜也没用，只会更加生气。女人一生气就容易老。

徐孃劝解梅梅时，从来不说那种“夫妻哪有不拌嘴的”的老生常谈，她总是会给出一些具体可行的建议。

梅梅问，那我怎么办？只能生闷气吗？

徐孃说，你要换个方式，你要示弱，要卖惨。

梅梅笑死了，徐孃还知道“卖惨”这个词。

徐嬢说，女人嘛，不要老是凶巴巴的，要软一点，弱一点，或许还有用。毕凯他人不坏，就是没长醒。

梅梅说，好嘛。我试试。

到了周末，梅梅就换了戏码。中午下班回到家，一边做饭一边蹙眉叹息，还时不时掐一下太阳穴，捶捶腰，做好饭叫父女俩吃饭时，也是有气无力的，那个词儿叫什么来着，气若游丝。

凯叔放下手机坐到饭桌前，看了她一眼，那个意思是，怎么回事？这么反常？

梅梅不看他，只看女儿：妈妈今天头疼得厉害，好难受。

梅梅确实很累，不用装。周一到周五全天上班，周六还上半天。关键是下班回来要承担全部家务，做饭洗衣服打扫卫生（经过多次吵架谈判，凯叔才把接送女儿的事接过去）。最伤神的是晚上陪女儿写作业，女儿磨磨蹭蹭的，通常要到十二点才能写完。凯叔在床上鼾声如雷，梅梅哈欠连天眼泪不断。真是新旧社会两重天。可是睡再晚，第二天早上六点就得起来，给女儿做饭。所以不到四十岁的她，已然像个黄脸婆了。

梅梅愁眉苦脸唉声叹气（卖惨）持续了一天，真的起作用了。

临睡前凯叔走过来说，那个，明天，我带她去学跳舞吧，你好好睡一觉。梅梅激动得难以置信，但还是有气无力地杵着额头问：真的吗？我真的可以睡到自然醒吗？他点点头。

梅梅恨不能马上给徐孃发信息，你的招数显灵了。但她一挨到床就睡着了，长年累月攒下的瞌睡虫将她彻底淹没、覆盖，她一直沉到梦乡最底层，估计就是大地震也不能摇醒她。

早上一睁眼，梅梅迅即翻身坐起抓衣服，发现床上没人，突然想起头一天凯叔的承诺，幸福得要死，一头倒下接着睡。这一觉，她一直睡到中午，总算有了一次自然醒，可以说是有了孩子之后的第一次自然醒。

睡个好觉太重要了，她感觉自己满血复活，心情大变。看着镜子里的自己，脸上终于有了点光泽。她态度很好地给凯叔打了个电话，问跳舞班结束没有。凯叔说刚从少年宫出来，准备带女儿去吃麦当劳。

"梅姐姐，我们中午就不回家吃饭了，今天彻底给你减负。"凯叔嬉皮笑脸的，他也很久没这么嬉皮笑脸了。

"那就谢谢凯叔了。"梅梅也配合着嬉皮笑脸了一下。

梅梅心情大好，甚至有些飘飘然。她迅即发了个朋友圈儿："今日份小确幸。"配了一张网图，一个胖妞在龇牙。

3

虽然凯叔说给她减负，晚饭还是要做的。梅梅简单收拾了一下自己，就出门去买菜，斯文地说，是去采购食材。

走进菜市场，发现好多人都不戴口罩了，一段时间没有疫情，大家都放松下来。梅梅还是老老实实戴着口罩，她要确保自己健康，确保自己一直能工作。

先到肉摊那里买了一斤五花肉，她打算做个粉蒸肉。这个菜简易，梅梅已做过多次，父女俩也喜欢。本来她看到排骨有点儿动心的，还是没舍得，骨头那么重最终都扔了，还是五花肉实在，可以全部下肚。他们家每天的菜金，也都是有限额的。

接下来她买了鸡蛋、豆腐、红薯和两三样蔬菜。计划中的六十块钱很快就出去了，还超出几块。她很心疼。每次买菜她都心疼。但是凯叔能吃，女儿在长身体，她总不能抠菜金。

赶紧打道回府吧，捂紧口袋。这个月余额已经不多。

就在那个时候，她邂逅了青椒。闪亮的青辣椒摆在菜市场门边，颜值非常高，个个如胶原蛋白饱满的娃娃脸。她一下就挪不动步子了。卖菜的见她站住，马上说，这是我自己屋头种的，二荆条，没用过化肥，天然有机，拿来炒青椒肉丝相当安逸。

也不知怎么，一听到“青椒肉丝”这四个字，梅梅的口水就出来了，更重要的是，一个在她来说非常稀少的美好回忆，浮上心头。

女儿一岁左右时，他们去公婆家团年。她把熟睡的女儿放到床上，就去厨房战斗，择菜洗菜，刷锅涮碗。好不容易全家人上桌吃饭了，女儿却醒了，她只能去哄女儿，把尿，喂饭。等终于把女儿交给已经吃完饭的婆婆时，桌上一片狼藉，碗里的饭凉凉的，梅梅一瞬间眼泪都要出来了。凯叔似乎察觉了，跑到厨房转了一圈儿，回来说还有个青椒肉丝没炒。婆婆说菜够了就没炒。凯叔不由分说就去炒了，连同热好的饭一起端给梅梅，嬉笑说，请享用独一份的青椒肉丝盖浇饭！

梅梅觉得那是她此生吃到的最好的盖浇饭了。

后来有几次，梅梅买到青椒就想让凯叔再炒一次，凯叔总是说我有事，你自己炒，那么简单的菜你还没学会吗？

也许是睡了个好觉，让梅梅有一种已经过上幸福生活的错觉，她想好好打一回牙祭，重温一下美梦。

一问价格，二荆条辣椒居然也要八块一斤了。她还是蹲下来认真挑选了几个，一称，四块钱。她又掉转回头去买肉。卖肉的老板说，炒青椒肉丝，那必须是半肥瘦的二刀肉。她说，买五块钱吧。老板说，五块钱不够塞牙缝，怎么也得十块钱。她坚持说，我只要那么多。老板撇撇嘴，一刀下去，还是称了六块五。

路上梅梅想，她要认真一点，从网上找个菜谱来做。

梅梅不喜欢进厨房，一个重要原因是她不太能吃。每次辛苦半天，十几分钟就吃完了，感觉真犯不着。若不是为了这个家，她肯定天天吃外卖。有了女儿之后，她开始认真烧菜，总不能让女儿嫌弃吧。偶尔公公婆婆来家里吃饭，还是凯叔主厨，她打帮手。凯叔是很会烧菜的，但他能躲则躲，不愿伸手。

梅梅很认真地开始操作，切肉丝，切青椒丝，切姜丝，切蒜片。肉丝先用老抽和一勺油搅拌，腌制五分钟。据说放点油，下锅一划拉肉丝就散开了，不会粘锅。然后开始热锅，油烧到五成热时下肉丝，果然肉丝很快炒散了。再下蒜片，蒜片炒香后下青椒，开大火炒十几秒断生。最后加各种作料：味精少许，白糖少许，香醋少许，然后是一勺生抽，大火爆炒，几分钟后就好了。

满屋子香味儿，啧啧，她口内的津液如泉涌，恨不能眼前有一碗米饭，风卷残云地消灭它。但她咽下口水，拿出饭盒装好。明天的便当就是它了：青椒肉丝盖浇饭。

每次上班她带的便当都是剩饭剩菜，有时候菜吃得一点儿不剩，她就只好带泡菜，跟姐妹说要减肥。这回可要好好享受（显摆）一回了。“幸福生活就是青椒肉丝盖浇饭。”她又发了个朋友圈，得意地配上了青椒肉丝的图片。

因为情绪好，晚餐也发挥出色，红苕粉蒸肉、麻婆豆腐、素炒油菜薹，加上萝卜汤，个个成功。老公女儿都吃得很香。一家人难得的和和美美。梅梅想，但凡凯叔愿意帮一把，日子就好过很多。

可是她也不能天天卖惨呀。

晚上快十点的时候，凯叔走到女儿房间对她说，你去睡吧，今天晚上我陪小毕同学写作业。

我的天，这有些超出预期了！梅梅傻傻地看着凯叔，凯叔瞪她一眼说，你不是说头疼吗？梅梅连忙说，对对，现在还有点儿疼。那我先睡了。

梅梅扑爬跟头地滚到床上，心想，管他呢，享受一天算一天。

4

早上醒来，梅梅感觉神清气爽。今天是周一，战斗的周一，她要上班，女儿要上学。以往周一她总是眉头紧蹙，今天这个周一却很振奋：青椒肉丝盖浇饭在十二点等着她。

早餐照例是牛奶鸡蛋馒头。自疫情发生，家里的早餐就严格按张文宏医生的建议执行了。其实成本也没高多少，心里却很踏实。只是女儿不吃囫囵蛋，要给她蒸鸡蛋。梅梅一边忙碌，一边往自己嘴里塞馒头塞鸡蛋灌牛奶。等女儿坐下来吃饭时，她就必须出门了。上班太远，途中需要五十五分钟。晚出门一分钟都会迟到。

可是，当她兴致勃勃打开冰箱时，发现便当饭盒不见了，明明记得放在冰箱里的。她找了一圈，发现饭盒在水池里，是空的。她的脑袋嗡的一下，冲进卧室推醒凯叔。

喂，我的青椒肉丝呢？

凯叔睡眼惺忪：什么青椒肉丝？

梅梅说，我的便当。

凯叔闷了一会儿才回答：哦，我吃了。

你吃了？你吃了？梅梅怒目圆睁。

凯叔嘟囔说，是嘛，昨天陪小毕同学写作业到十二点过，饿得我发慌，到处找不到吃的，只有那个可以吃。

梅梅简直是，简直是，无语了。都说汉语博大精深，可是一句能表达她心情的话她也找不出来，由于憋得太厉害，眼泪就出来了。整个夜晚，她都在梦里不断地打开饭盒，向大家展示她的青椒肉丝盖浇饭，估计还吞了好多次口水，嘴边都有些湿。可是早上起来，芝麻开门了，门里却只有空气，她一头撞上去，连堵墙都没有，直接跌进虚空里。

凯叔吃惊地盯着她流泪的样子，叫嚷道：不至于嘛，不就是一个菜嘛。未必你喊我饿到天亮？吃都吃了，未必你喊我吐出来？简直是莫名其妙！

凯叔一句接一句的，感觉是他受到了伤害。

梅梅不再说话，直接冲出门去，早上是没时间吵架的。她不能再迟到了，这个月的迟到权利已经被她用光了，再迟到就是雪上加霜。

整整一天，梅梅都无比难受。不，是委屈。她也不明白自己怎么了，从来没那么委屈过。确实如凯叔所说，不就是一个菜嘛，再说，谁叫你早睡的，这就是代价。可是她为什么那么伤心？昨天她还想，上班后就给徐孃发个信息，告诉她自己周末卖惨成功。现在却完全没了心思。午饭时，她努力笑着跟姐妹们说，由于她手艺太好，青椒肉丝一炒好就被父女俩一扫而光了。

临近中午，凯叔发来一个红包，上面写着，午饭钱。她坚决不打开，猜都猜得到，就二十块。打开就等于原谅他了。她气鼓鼓的，不想让这股气泄掉，泄掉就太对不起那份儿青椒肉丝了。

晚上回到家，梅梅仍旧黑着脸。凯叔说，我给你发的红包你咋个不领？她不理他。凯叔说，我发了三十呢。梅梅还是绷起。此时无声胜有声。

女儿问，妈妈怎么了？凯叔说，你妈太小气了，我昨天夜里饿了吃了她的便当，她就生那么大气。女儿火上浇油：我还不是很饿，我都没吃。凯叔说，可是你吃了蛋糕，还吃了巧克力。我不过就是吃了个便当。

梅梅突然爆发说，什么便当？是青椒肉丝！我自己炒的青椒肉丝！

凯叔说，哦，搞了半天是想吃独食，不过手艺有长进，就是糖多了一点。

梅梅转身走开，她怕自己失控。

说来，凯叔做过的比这个恶劣的事多了去了，比如明明很早回家就是不做饭，躺在沙发上打瞌睡。问他，他振振有词地说，老板是让我回来考虑新方案的，又不是让我回来做饭的。还比如，女儿小时候跌倒了，头磕在茶几上哇哇大哭，他盯着手机头都不抬，只说一句，咋个那么不小心呢？又比如，给他三千块钱让他去买个新洗衣机，他半路上给自己买了辆电瓶车，说那个洗衣机还可以修……相比起来，昨晚的事简直就是小巫了，不，是纳米巫。

但她就是过不去，放不下。结婚十几年了，他们总是三天一大吵两天一小吵，这回她却连吵的情绪都没了，就是不和凯叔说话。辛辛苦苦地工作，却连这么小的满足都无法得到。“今日份小确幸”竟然以悲剧收场，她的委屈持续增长。

梅梅实在熬不住了，晚上陪女儿写作业时，给徐孃发了信息，狠狠把老公吐槽了一通。“他还是那个德行，气死我了，我好想喊他滚蛋。真的是受不了了。”

徐孃回复说，别说气话了，毕竟他也没犯什么原则性错误。梅梅明白徐孃的意思，赌气说，我宁可他和别的女人跑了。徐孃说，小心乌鸦嘴。梅梅回了一个哭笑不得的表情。徐孃说，我告诉你，夫妻俩能白头到老，跟感情和品德都没太大关系，就是靠忍耐力。白头偕老的夫妻都是忍过来的。说得好听是两个字，包容。说得简洁就是一个字，忍。梅梅回了一连串的哈哈哈，又说，看来我的耐力超强。徐孃说，人家凯叔也不差哦。梅梅一想也是，气消了大半。便给徐孃道了晚安。

还好有个徐孃。她想。

5

周四晚上下班回家，凯叔进门就说，喂，又有了！

现在大家都很默契，知道“又有了”是有了什么。就是疫情。梅梅马上抬眼看他，带着询问和焦急，完全忘了他们处在冷战时期。

凯叔顿时有了成就感，报告说，就在我们公司那边，和我们隔一条街。他们那个大楼都封了。叫什么浪潮国际。

梅梅立即打开手机查询，先看政府发布，再看地图，看完后说，还好，离我们公司远。千万别传到我们这边来，再关门可真受不了。

凯叔一看双边局势缓和，立即从背囊里拿出一个塑料盒说：今天中午我们食堂有青椒肉丝，给你打了一份。

梅梅心里一动，有了几丝暖意。但一眼瞥见凯叔打开的饭盒，青椒软塌塌黄兮兮的，肉丝也是白嘟嘟的，让人毫无食欲。但她还是说了句，算了，等周末了我自己再做。

这句话表示，这个事算过去了。

第二天上午凯叔突然发来信息，颇有些兴奋地告诉梅梅，他已经回家了。早上一上班公司就让他们查了核酸，结果还没出来，但让他们先居家隔离。“好安逸哦，带薪休假。”

梅梅无奈地回复说，你要买菜做饭哈，不要光晓得耍。

凯叔说，晓得晓得。你不要一天到晚苦大仇深嘛。

梅梅提心吊胆上了一天班。尽管出现的那三个确诊病例不在他们区，客人还是大幅度减少了。因为很难说来店里的客人住在哪个小区。他们的客人遍布全市。虽然店里已经严格消毒，每个房间消毒之外，客人进门就扫码消毒量体温，鞋底都要喷消毒液。但那个码的颜色才不管你消毒没有，说变就变。梅梅一整天只做了一个客人，这个客人还因为就在他们大楼里上班。

空闲时她不断在手机上刷新闻，发现又增加了三个。唉唉，这可怎么办呀。心里默算一下，这个月的收入又得缩水。愁死个人。

晚上回到家，凯叔欢天喜地地迎上来说，我黄了，我的码黄了！彻底不用上班了！

梅梅的愁眉苦脸顿时被扭成一团，她正想大喝一声，你有病啊你！凯叔却抢先一挥手拦住了她的话头：我核酸阴性，放心，后天再去查，隔天查一次。不会有问题的。就是不能去买菜了哈，不让我们出小区。

梅梅转眼看到女儿，怎么了？学校停课了？

女儿点点头，也是一副开心的样子，凯叔说，她中午就回来了，在家上网课。我监督了的哈。

我的天，看来事态严重呀。梅梅再次拿出自己手机看，还好，健康码还是绿的，绿绿的。千万别黄，黄了就不能上班了，他们老板才不会让他们带薪休假，要按病假算。就是说，要扣钱。她已经受不了再降工资了。不是捉襟见肘，要直接光身子了。

一时间愁肠百转。以前她不明白为什么发愁会让肠子打结，现在她体会到了，气不通，完全堵在身体里，鼓鼓的。

突然，她闻到一股香气，是青椒肉丝的香气。这股香气从鼻腔进入后落入她的五脏六腑，然后又飞升到她的大脑，神经系统如沐甘霖，满口津液涌出，满腹愁绪倏忽间就被化解了。

吞下口水之时，见凯叔端着一盘刚炒好的青椒肉丝走出厨房，他往桌上一顿，朗声道：梅姐姐，还你的青椒肉丝，我亲自炒的。还是在盒马下的单，用的是里脊肉。

只见那盘子里青椒和肉丝都紧实苗条，闪着光亮。梅梅一声不吭地进了卧室，嘴角却咧开了。她听见凯叔正对女儿说，别动别动，这是给梅姐姐明天带便当的。我们吃红烧肉。她忽然觉得，老公这么大咧咧的，也是个优点。不然两个人都愁到一起去了，日子怎么过。徐孃说，夫妻能白头到老，都是靠超强的忍耐力，却没说超强忍耐力是从哪儿来的。此刻她忽然悟到了，是因为没有任性的条件哪。

6

第二天一大早，梅梅依然按时出门上班。布袋里有一份足足的青椒肉丝盖浇饭，让她的焦虑缓解了不少。她一如往常，先骑共享单车到公交车站，再乘公交车去公司。

刚锁好车51路就到了，真是严丝合缝。

梅梅上车，打卡，扫码，然后走到最后一排坐下。她坐公交总是坐最后一排，一来尽量少接触人；二来有四十分钟时间，可以眯一会儿；三来最后一排不方便让座，可以一直坐着。

车上人很少，大概就六七个。估计也是受疫情影响。她闭上眼，迷迷糊糊地开始打盹儿。这趟公交她坐了十年了，已经具有了“坐车生物钟”，每次都会在到站之前醒过来，从没发生坐过头的事。

包里手机振动，她拿出来一看，是部门经理林姐发来的，问她出门没有，如果还没出门就不要来了，反正没客人。

梅梅迅速回了一句，我已经在车上了，马上就到。

她知道，只要到了公司，打个卡，就是没活儿干也得算上班。林姐是想把她堵在家里。现在公司也变得斤斤计较了。如此，她更得斤斤计较。

忽然，她听见车厢前面传来吵吵嚷嚷的声音。抬眼望去，车正停在站台，一个刚上车的女人拿着手机站在前门发傻，嘴里在嘟囔什么。车厢中间一个男人高喊：你莫说那么多了，赶快下去！坐在梅梅前面的大妈也在喊：下去咄，赶快下去咄。

只听那女人很委屈很冤枉地说：我早上出来还是绿的，咋个突然就红了呢？我哪儿都没去过。

梅梅一下明白了，双手下意识地捂在口罩上，然后瓮声瓮气地跟着喊：下去嘛，你赶快下去嘛！

这时，司机师傅转过身来对众人说，不能让她下去，不能让她到处乱跑，我必须马上把她拉到医院去。你们下。

说罢，司机师傅像掩护战友撤退的英雄那样，先“刺”的一声关了前门，又“哧”的一声开了后门，手一挥，车上几个人便逃命似的跳下车去。

梅梅当然也跟着跳了下去，落地之后还猛跑了几步，想离公交车更远一些。心稍稍定了，她又迅速拿出手机，拍了张公交车的背影。今天可真是遇到大事了，非发个朋友圈不可。

梅梅写道：这辆公交车载着一个红码和一车紧张空气，远去。

刚要发，突然她顿住了：青椒肉丝！我的青椒肉丝！

梅梅傻傻地站了好一会儿，最终还是把朋友圈发了出去：

这辆公交车载着一个红码和一车紧张空气还有一份青椒肉丝盖浇饭，远去。

事情不是这样的

1

每天晚饭后，我总是去河边散步。那里幽静，一边是楼房，一边是河水，还有一排上了年龄的樟树。樟树们长年累月被楼房遮挡阳光，只能拼了命往路中间伸脖子，由此形成一个绿廊。虽然并非己愿，却给路人带来了惬意。

走到靠近桥头的地方，我忽然看到那个戴红色棒球帽的男人了，他又在路边摆摊了。我很高兴。以前，也就是疫情前，他常在这里摆摊，卖旧书旧杂志。鲜红色的帽子像招牌一样显眼。疫情汹涌之后他消失了，如今红帽子再现，也算是生活恢复正常的一个信号吧。

我走过去，习惯性地放慢脚步，扫了一遍，看到书总归是亲切的，虽然摆在那里的是些乱七八糟的书。演艺圈的八卦以及政治八卦，我都没兴趣。还有一些所谓的中华传统文化，比如《易经》，王阳明心学之类，但一看就是粗制滥造的盗版书。

男人的红帽子下多了个口罩。他坐在小板凳上，手上拿了本书，估计是掩饰无人光顾时的尴尬。我刚要走过去，一本放在左上角的天蓝色封面的书腾的一下跳入我的眼帘。

不会吧？不可能吧？我心下一惊，即转身回去细看，还真是我那本。《红围巾》，天蓝色的封面，有一抹红。

我问红帽子：这本书也是卖的吗？我指着天蓝色。

听见我问，他头也不抬地说，要卖，摆在这儿的都是要卖的。

我蹲下，用两个指头翻开那本书的扉页，上面赫然写着：请刘贤义先生存正，下面是我自己的名字。时间是2011年。

我问，多少钱？他拿起来看了一眼封底说，五十。看来他是在定价上加了一倍。我说，这么旧一本书还卖五十？他说，有作者签名。我说，这作者也没啥名气呀。他不吭声。我又说，十块钱我拿走。他冷笑一声，显然觉得我很过分，不是拦腰砍，而是打骨折。

我有些纠结。这样的情况我也不是第一次遇见，我是说自己送出去的书被人拿去卖。孔网（孔夫子旧书网）上就有好几本。但是放在网上卖，怎么都无所谓，感觉书们还有个遮风避雨的地方。摆在街边就不一样了，好像看着自己的孩子流落街头。可是，我买回去干吗？也不可能再送人了。算了，就当我没遇见。

我做出要走的样子，红帽子说，来来，我优惠给你，你四十拿走。我也白了他一眼，还哼了一声。他说，那就三十。三十不能再少了。我说，二十，就二十。他说，切，比原价还低。我说，新书都还有折扣呢。

老实说，我这么跟他抬杠，其实是想给自己找个不买的理由。哪知他抬抬下颌说，拿去吧。我讪讪地说，二十都高了。你肯定是从收废品店淘的，成本也就一两块吧。他说，你说得轻松哦，这种有签名的，都是按单本卖的。成本十五，我就赚你五块。

姑且听之吧。我掏出手机，扫码付钱。输入金额时，还是输入了三十元。实在不忍心这么贱买自己的书。他看到数额很高兴，唠叨说：你要是转手给懂行的藏家，至少一百。

我哼哼两声，表示完全不信。但完全不信又执拗地买下，还多给钱，总得有个理由吧。于是我说，我认识这个作者。

此话不假，所以我语气一点儿不发虚。

他看我一眼，不置可否，很认真地把书装进塑料袋递给我。疫情时代，人人都变得爱卫生了。我拎着书回家，感觉找到一名失踪儿童。

2

第二天早上，我泡了杯茶，打算在电脑前坐下，接着写我未完待续的故事，这是我的日常。我写故事，在各种故事里过日子，在各种故事里扮演角色，然后拿出去分享，乐此不疲。

刚摸到键盘，忽然想起头天晚上买的那本书，连忙起身去阳台找。我竟然忘了这事，显然没太当回事。

书被我用酒精喷洒消毒之后，又搁在阳台上吹了一夜，已经折腾得有些蓬松了，这样拿在手上比较安心。你无法知道它在哪儿待过，被多少手摸过。封面的宝石蓝已经成了雾霾蓝，只有“红围巾”三个字依然很红。

这是我的一本小说集，收录了我七篇小说，已经出版十年了。

我再次翻开封面，扉页上写着：请刘贤义先生存正。

这个刘贤义是谁？我怎么毫无印象。

当然，从第一本书到现在，我送出去的书有几千册了，不可能记住每一个人。尤其是年轻的时候，出一本书不易，很兴奋，总是拿稿费买上百把本，送给亲朋好友，赔本赚吆喝。近几年才变懒了，又懒又抠门，不想再花钱买书送人了。一来稿费没几个，二来送书也麻烦，要签名，要去寄快递。所以，出版社给多少样书我就拿多少样书。

这本集子，我好像用稿费买了一点。但绝不会超过五十本。这么有限的数量，我竟然送给一个不熟悉的人？送书的日期也是当年。一定有什么原因吧？送出去的书，再花钱买回来，也是够窘的。

我正想把书丢开，忽然被什么击中：书中的某一页，闪出几行黑黑的字，比印刷体大一倍，是手写的。怎么？还有人批注吗？我连忙翻到那一页细看，真的是批注，一共四行，写了如下几句话：

事情不是这样的。

没有红围巾。

她不姓邱。

后来又发生了好多事。

我再往后翻，后面没有了，再往前翻，前面也没有了。我一页一页地翻找，确信没有了，整本书只有这一个地方写了这四行字。我说的这个地方，就是一篇小说结束的地方，这篇小说就是《红围巾》。

事情不是这样的？

没有红围巾？

她不姓邱？

后来又发生了好多事？

我反反复复地看，感觉最有意思的是那句“她不姓邱”。我当初之所以把故事里的医生写成邱医生，完全是顺手拈来，因为我就认识一个姓邱的医生，是我邻居。所以看到“她不姓邱”，真是又好笑又诧异。其实在诧异和好笑之外，更多的是兴奋。真的，很兴奋。

原来我不是领回了一名失踪儿童，而是邂逅了一个故事。

3

很多年前我写过一个故事，一个鳏夫的爱情故事。

鳏夫年近七十，有残疾，一只脚是跛的，人称严大爷。汶川大地震发生时，严大爷的家也严重遭灾，他搬到了救灾安置点。有几个志愿者到他们安置点帮忙，他很喜欢他们，常和他们打趣逗乐，也一起干活，混得很熟。救灾结束后，志愿者们依然时常去探望他。不料有一天，当志愿者去看他时，发现他猝死家中，是心脏病突发。

志愿者们在整理他的遗物时，发现他留下一个皮箱，就是他当时恳请解放军战士帮他从废墟里挖出来的那个皮箱，磨损很严重。打开，发现里面是满满一箱红围巾，各种质地，多达五六十条。红围巾上有一封信，信封上写着，希望志愿者能帮他把所有的红围巾和信，交给一个“邱医生”。

志愿者们决意要了却严大爷的心愿，他们根据仅有的一点线索耐心查找，找到了他早年的工友，又找到了他早年的战友……虽然最终没找到邱医生，却从中得知了一个感人的故事。

原来，严大爷年轻时在西藏边关当兵。他们驻守在常年与世隔绝的高海拔哨所，非常艰苦，也非常寂寞。艰苦尚可忍耐，寂寞却是蚀骨噬心的。有一天，哨所来了个慰问小分队，六个人，有演员，有医生，其中三个是年轻女兵。哨所的战士们激动得无以言表，他们一边看小分队演出，一边等女医生检查身体，个个心慌意乱。他们已经几年没见过一个女性了。

严大爷那时还是小严，十九岁，正值青春期，他激动得发抖，千万头小鹿在心里撞来撞去，以至于发生了“踩踏”事件：在一个没人的地方，他一把抱住了女医生，一句话不说，就是死死地抱着。女医生受到惊吓叫出了声，被排长听见，赶来询问发生了什么。那时小严已经松开了手。女医生镇静下来回答说没什么，只是滑了一跤。

小严羞愧不已，不敢再面对女医生和演员，他主动要求去站岗，到了时间也不下岗，结果冻伤了脚。女医生为了保住他的脚倾尽全力，还把自己的红围巾取下来给他裹脚……

小分队走后，红围巾成为美丽的传说。而小严已经不再是原来那个小严了，他悄悄打听到医生姓邱，在陆军医院工作。他从此把邱医生当成心中的女神。退伍离开西藏后，他见到红围巾就买，渴望有一天能全部送给邱医生，向她表达内心无法言说的感激和爱。但他却一直没能找到邱医生，他因此终身未婚。

我必须说明，这个故事完全是我虚构的。如果要说有点儿影子的话，那就是我去西藏边关采访时听到过类似的故事。比如小分队去哨所慰问演出时，战士们经常激动得讲不出话来，心跳加速，脸憋得通红，看到女兵在雪地上跳舞，就把自己的大衣铺在地上，让演员们跳舞时不要踩在雪地上。他们还把舍不得吸的氧气枕抱在怀里，女演员一唱完歌就塞给她们，非要她们吸。他们还把平日里舍不得吃的苹果留给女兵，宁可自己嘴唇干裂，牙龈流血……小分队走后，他们可以谈论一年。

小说的题目就叫《红围巾》。我写完后拿去发表了，之后又放入小说集出版了，再之后就忘了。客观地说，也没太大反响。

没想到，有一天我会邂逅它。

4

书是2011年送出去的，那时还没有微信。我先去手机通讯录查找。虽然这十年已经几次更换手机，但一千多个联系人仍安静地在我的手机里待着。

我输入“刘贤义”三个字，没有。我抱着一丝侥幸，又在微信好友里输入这三个字，还是没有。

看来这个人不是我朋友，我不认识他。也许是朋友的朋友，朋友让我送给他，送完我就忘了。

没有头绪，我就坐下来重新读了一遍那篇小说。我很少重读自己的小说。这一回读得很认真，居然发现了几个错别字，同时还感觉到一些写得不尽如人意的地方。若是面对word版，我有可能去修改。

当然我知道，这位留下批注的读者，在意的不是错别字，而是情节。他不认可我的情节。他有自己的故事走向，有自己的故事结局。而正是这个让我兴奋。

我已经不记得当初为什么写这个故事了，大概就是一个闪念吧。我是以写故事为生的人，经常因为一个念头而坐下来写。现在这个故事却跑出来找我了，要跟我论个长短。

以前，我也遇到过分不清小说与现实的读者。

比如，看到我以第一人称写的故事，故事里有个弟弟，就很惊讶地问我，没听说你有弟弟呀？或者，我在小说里写了个小偷，就会问我，你怎么会认识小偷呢？

也有让我很感动的读者，读小说时完全是设身处地，全身心地投入。比如有个大学生读了我写的《春草》后，激动地写信给我，说我写的就是他母亲，还问我是否认识他母亲。当然，我不认识，看完信我知道，他的母亲也是位非常坚忍的农村妇女，吃尽苦头，独自将他抚养成人送进大学。但具体经历和我写的春草还是不一样的。他只是联想到了自己的母亲，显然这是个很爱母亲的好孩子。

但这个人不一样，他是彻底进入了故事，对号入座，并且对“座位”的质量提出质疑。他一定是和主人公有相同（类似）的经历才会如此。我太想知道他是谁了。

“事情不是这样的”是怎样的？“没有红围巾”有什么？“她不姓邱”姓什么？“后来又发生了很多事”是什么事？

我决意要找到这个人。

5

或许是重读小说的缘故，我隐约觉得心里有什么东西浮上来。一种情绪？一种记忆？说不清。忽然，一条红围巾出现了。

十几年前的一个秋天，我去西藏采访。那时年轻，时常进藏。但那次进藏和以往不同，我出现了严重的高反。到达的当天下午，我就因为剧烈头痛发生了喷射性呕吐，搞得招待所一片狼藉。

负责陪同我的是年轻干事赵兴，他吓得赶紧把我送进了医院。他说无论如何不能让我一个人在招待所过夜，万一夜里挂了不得了。当然，送到医院也没采取什么措施，就是躺在大氧气瓶旁边可劲儿吸氧，夜里睡觉也开着，第二天就缓解了。

早上醒来我感觉自己满血复活，赶紧打电话让赵兴接我出院。等赵兴那会儿，我注意到同病房的女人还在昏睡。昨天晚上我进来的时候她就在，感觉她不是一般的高反，很严重，在输液。白色的被单上，有一条非常鲜艳的红围巾。

护士进来，给她换输液瓶。我问，她怎么了？护士说，一进来就感冒了，发烧，肺部有呼噜音。我说，没有人陪她吗？护士说，她是进来探亲的，丈夫在边防上，赶不过来。

护士离开后我走到她床边，小声问她，要我帮你做什么吗？她睁开眼，眼里有泪，但摇了摇头。我说，我马上要下部队采访了，要不你把你丈夫电话告诉我，我再和他联系一下。她依然摇头，轻声说，他走不开。没事的，我过几天好了再去他那儿。

这时赵兴来了，我一看他拎着探视病人的大袋小袋，赶紧接过来，放到那个年轻女子的床头柜上。红景天，牛奶，水果，应该都用得上。然后我写下我的电话放在她枕头边上，俯身跟她说，坚强点儿，会好的。如果需要，就给我打电话。

她努力笑了一下，说了声谢谢。脸苍白得和被单一样。

我离开医院，结束了史上最短的住院期。但白色被单上那条红围巾，却一直在我脑海里飘。我老是想象着红围巾在哨所出现的情景，一定会照亮所有战士的眼眸。皑皑白雪中，那就是哨所的经幡。

后来，红围巾女子给我发来条短信，说她终于到达边防连了，全连官兵列队欢迎她，她激动得热泪盈眶，只是假期已剩一半。

我终于想起自己为什么会在小说里写红围巾了。

是红围巾发了芽。

6

我由红围巾想到了赵兴。

赵兴从西藏转业回来后，建了个西藏老兵群，群里有好几百人。他也经常把我写西藏的文章，转发到他们群里，有时也会把其他人写西藏的故事，转发给我。差不多他就是我和西藏的一根纽带。

我发信息给他，请他在西藏老兵群里帮我看看，有没有刘贤义这个人。他很快回复说，他群里没有这个人。我说那你帮我问问其他人，有没有认识刘贤义的，过了一会儿他又回过来说，没人认识。

我说你不要这么匆忙嘛，你艾特一下所有人，万一是不怎么看微信的人恰好认识呢。你多艾特两回。

为了让他有耐心，我用语音给他讲了我邂逅《红围巾》这件事。他果然热心多了，还发挥主观能动性替我分析了一番。他说，这个刘贤义如果因为你的小说对号入座，那他的年龄应该和你小说里的严大爷差不多，有七十岁了吧？那就不会在我们群，我们群里的老兵基本是四五十岁的。我说，我也不确定那些字是刘贤义写的，我只是把书送给了他，也有可能是他朋友，或者他家里人写的。不管怎么说，得先找到他，打听到书的去向。他说，好吧，我再试试。

没想到夜里十一点多赵兴突然回复我说，他想起来了，他知道这个刘贤义是谁了，是老兵火锅店的老板。因为大家都喊他刘老板，反而不记得他名字了。刘老板也是个退伍兵（但没去过西藏），复员回成都后开了家餐馆，对老兵很优惠，老兵们也喜欢去他那里聚餐。

“今天群里有人提醒我，刘贤义会不会就是刘老板？我找人一问，果然是他。他家火锅店你也去过的。有一次我们西藏老兵团年，我喊你一起去的，你忘了？”

终于，寻宝之路踏出了第一步。

人的记忆多数时候都如沉睡的河底，死沉沉的，甚至有点儿腐烂的味道。一旦被来自现实世界的船桨搅动，往事就跟水草似的活起来。第一根水草是红围巾，第二根是赵兴，第三根就是火锅店了。

赵兴说我去过，我想起来了，我的确去过，店名叫火热的老兵还是火红的老兵。去的时候，大概新书刚出来。赵兴说，你带本新书送给老板呗，他也是个老兵。我就带了。我经常拿自己的书作伴手礼。

估计就是那次饭局，我把书送给了刘老板，还工工整整写了“请刘贤义先生存正”。结果刘贤义先生就拿给别人存正了。当然，这很平常，就是不送人，他也不一定会看。大部分的书不都是这样的命运吗？所以我才会对我书上的批注那么兴奋，没有几本书能有这样的待遇。

7

既然有了刘贤义的电话，我就直接打过去了。

可是电话没人接，打了三次都没人接。要么他是忙，要么他就是不接陌生人的电话，我看了一下地址，他家店离我家不算太远，于是我开了车直奔而去。

不料火锅店居然不开门，门口写着一个告示：疫情缘故，本店暂时关闭。竟然吃了个闭门羹。准确地说连羹都没有，只有闭门。

可我是那么迫不及待地想知道真相，这样的迫切之情如开弓之箭无法回头。我就坐在车上给刘老板发信息，我说自己是某某某，经由某某某介绍想认识他。

他终于打电话过来了，是个中气十足的男人，和我想象的老板一样。他上来就说，作家大姐你好你好。语气很热情，声音里却透着些许茫然。估计之前，他的战友跟他说了我在找他，却没说我为何找他。我说，我有件事想问你。可以加你微信吗？

很快，我们就成了微信好友，而且是那种信息全部打开的级别。都是当过兵的人嘛。然后，我直入主题，把那本书的扉页拍照发给他："您还记得这本书吗？"为了让他放松，我在末尾龇了个牙。

他稍稍愣了一会儿回复说，记得记得，你有一次来我家吃火锅送给我的，还从来没有作家给我送过书哪。我好激动，我就摆在收银台后面的柜子上了，是和财神摆在一起的。怎么跑到你那里去了？

我直截了当地说，我是从一个旧书摊上买的。

他这次沉默的时间有些长，我正想解释我没别的意思（不是问责），只是发现书里面写了几句话，想问问是不是他写的，或者是不是他认识的人写的。我话还没写完，他电话就打过来了：

作家大姐，我刚才问了我老婆，那本书被她大舅借去了。就是我丈母娘的大哥。有一回我老婆的表弟来我们店给他老汉儿过生日，老汉儿看到那本书了，就说要借去看，我老婆就借给他了。老辈子要看，我们不可能不答应嘛。他主要是看到封面上有雪山，他在西藏当过兵嘛，他就想看。

他呱唧呱唧说了一大堆，老婆，大舅，丈母娘，表弟，老汉儿，仅仅是亲戚关系就把我搞糊涂了。

他停下来的时候我赶紧问：后来呢？

后来？他想了一下说，后来就有疫情了嘛，我们好久都没见了。但是，我敢肯定，大舅绝对不会卖掉这本书的，绝对不会。你不要看他是个蔫巴老头儿，他喜欢看书。这个事情有点儿奇怪，作家大姐。到底是哪个龟儿子弄出去卖的呢？

我说，没关系的。我不是想问怎么卖了，我是想问问他看了以后有没有什么感想。

这回换到刘贤义糊涂了。

我又说，我想去拜访一下他老人家，和他聊聊，你看方便吗？

他连忙说，方便方便。大姐你太客气了。

8

虽然我在这个城市已经居住了四十年，但依然有很多街道从未踏足过，很多社区的名字从未听说过。刘贤义和他表弟带我去的那个小区，对我来说完全像是另一个城市。陌生感更让我有种解密的感觉。

刘贤义把车停在路边，表弟便带我们走进一条小巷。小巷里别有洞天，一大片红砖房，全部是四层楼高，每楼五个单元。应该是上个世纪六七十年代修建的。是一家国营大厂的宿舍楼。如今大厂已迁走，宿舍还在。楼房外斑驳陆离，每个阳台都像笼子一样安装了栅栏，晾晒着一些衣服，还有一些破烂的花盆。

表弟说，我就是在这里长大的。我说，我小时候也住这样的房子，看着还有点儿亲切。

当我在电话里向刘贤义先生提出请求后，刘贤义马上让老婆给表弟打了电话，如此这般解释了一通，然后就约好一起去看他父亲。

表弟说随时可以去，父亲因为腿脚不便极少出门。我说，他负伤了吗？他说不是，是关节炎，有点儿严重。我说，他打麻将吗？

他说不打，每天在家的乐趣，就是翻来覆去地看几本和西藏有关的书，比如一整套的《世界屋脊风云录》。

表弟带我们走进红砖房的其中一个单元，一楼。一扇很老旧的木门，其老旧的程度，感觉我一脚都可以踹开。门边搁着几个破旧的纸盒，里面有饮料瓶之类，似乎在等收荒匠。表弟一开始还斯文地敲门，无人应后，就改成砸门了。咚咚咚！

终于，一个老头儿开了门。

表弟说，打电话你咋个不接呢？

老头儿嘟囔说，没听见。

房间里竟然黑乎乎的。简直无法想象外面那么明朗的阳光，家里可以暗到这个程度。一不留神我脑袋撞到了什么，手一摸，是挂在屋子中间的衣服。

表弟打开灯。老头儿说，大白天开什么灯嘛。表弟说，你节省啥子嘛，我给你交电费就是了。

灯一亮，我发现屋子中间拉着一根绳子，上面挂满了衣服，裤子，毯子，毛巾，口罩，难怪那么暗。

刘贤义想把伴手礼交给老头儿，老头儿不接，他尴尬地找地方放，哪儿都不空，最后放在了沙发旁边的地下。

表弟则把沙发上乱七八糟的东西用力推开，腾出两个屁股大的地方让我们坐，他半是吐槽半是解释地说，看嘛，好好的家，被他搞得像贫民窟一样。他还非要自己住。

表弟这番话，让我好歹对现状释然了一些。

我打量四周，屋子里不是脏，而是乱。衣服都挂在绳子上，杯子碗筷都放在桌子上。这倒是省事了。墙上挂了些老照片，我凑上去看，一眼看到中间有一张大的，是一对年轻军人，应该就是老头儿和妻子年轻时的照片了。老头儿年轻时还挺帅气的。

估计很了解自己爹的接待水平，表弟从车上搬了一箱矿泉水，给我们一人拿了一瓶。我们几个各自找地方坐下。我和赵兴算客人，挤在沙发上，刘贤义不知从哪儿找出个小凳子坐下。表弟则索性坐在了桌子上。

表弟大声对老头儿说，这个大姐是作家，她想采访你。

9

来的路上，表弟已经给我介绍了个大概，说他老汉儿年轻时去西藏当兵，娶了个护士回来，就是他妈。据他爹说，他是下了很大力气才娶到的。因为他妈是四个兜（干部），他是两个兜（战士）。要不是他连续当了三年“五好”战士，又入党又立功，还娶不到呢。后来夫妻俩一起转业回来，进了这家国营大厂，一个在医务室，一个在车间。就生了他一个孩子，他妈妈身体很不好。

“我老汉儿这辈子的主要任务就是照顾我妈。所以我妈走了之后他简直找不到方向了，天天混日子，成了个糟老头儿。”

你妈妈走了几年了？我问。

表弟说，快三年了。

为了不让表弟有思想负担，我没提那本书的事。我只是说我在写西藏老兵的故事，想找他爹了解一下他在西藏的生活。表弟说，那你找他就对了，他一说起西藏就没完。

老头儿始终没坐下，走来走去，一瘸一拐，这一点和严大爷一样。看年龄，他们也应该差不多，我下意识地把他往小说里装。不过他更有特色，皮带外扎，还是有五角星的军用皮带，里面是一件很旧的灰色毛衣，和脑袋上那层灰白色的头发楂子很搭。

听到儿子说我要采访他，他咧咧嘴，两道法令纹如括号一般展开，浑浊的眼里有了一些光亮。

我连忙说，廖老兵你好！我也当过兵呢，给你敬个礼。

我曾问他们，我该怎么称呼老头儿，他们提供了廖大爷、廖师傅、廖主任（官至车间主任）等若干种，我都感觉不合适，我决定叫他廖老兵，这样更随意，也亲切。

果然，老头儿对这个叫法欣然接受，他满脸笑容地给我还了礼，终于在我们面前坐下了。他两手放在腿上，很认真地问：你想让我汇报哪方面的情况？

终于要接近真相了，我有些激动。但我还是稳住自己。说好了是来看望老人家的，不要搞得像追责。我打算先和他随意聊，最后再说书的事。

于是我问了句很没劲儿的话：你在西藏当兵的时候很苦吧？他说，不算苦。我说，我也去过西藏，九十年代去的，我都感觉很苦，你七十年代当兵，条件那么差，一定更苦。他依然说，不算苦。

这大概就叫尬聊。他并不像他儿子说的，讲起西藏就没完，而我更像个差劲儿的记者，企图让采访对象说自己想听的话未果。表弟看着着急，冲着他爹说，你给作家讲讲你的故事嘛，讲讲你咋个追到我妈的。

老头儿恨他一眼：我不想讲！我每次讲你都抢白我。

表弟从桌上跳下来说，我不听，我去洗水果。你讲，你放开讲。

老头儿说，我可不可以抽根烟?

我连忙说可以的。

在座的就我一个女人，我猜他是问我。他摸出烟，又摸出打火机，但是手发抖，老是对不上火。刘贤义上前想帮忙，他很明确地拒绝了，用自己的左手扶住右手，终于点燃了烟。

我想我还是别装了，直接进入正题吧。于是从包里拿出那本书来。

廖老兵，你看过这本书吗?我笑问，故作轻松。

老头儿看了一眼马上说，这本书我有，我去给你拿。我连忙说，你看的就是这本吧?他充耳不闻，起身进屋。当卧室门打开的一瞬间，我惊讶不已，里面整齐得像另一个世界，床铺干干净净，被子叠得有棱有角。也很明亮，因为窗户没有遮挡。

表弟看到我手上的书很惊讶：咦，这不是上次从大哥那里借的书吗?刘贤义说，就是嘛，不晓得被哪个拿去卖了。人家作家大姐从旧书摊上买到的。表弟说，咋个回事呢?又说，肯定不是我老汉儿拿出去卖的。刘贤义说，我也说不会是人舅。

老头儿从卧室出来说，书找不到了。

看来书是什么时候不在的他都没察觉。

我把书翻到有字的那页，递到他面前问：是不是这本？

他看了一眼，连连点头，对的对的。就是这本。我看过的。看过的。

我说，上面这些字是你写的吗？老头儿说，是我写的。

他抬手指指儿子：他妈妈喊我写的。

我脑袋嗡的一下。芝麻开门了。

10

我跟你说嘛，她不姓邱，姓陈。不是医生，是个护士。她也没得红围巾，从上到下一身的绿。那天我看她冷得缩成一团，把我的绒衣拿来给她当围巾围，她还不要。

我们那个时候有啥子浪漫哦，只晓得要忍到（人道）。

哨所吗？哨所就是像那本书上写的，海拔很高，光秃秃的，一年到头都冷。我在哨所蹲了五年，现在回想起来还是比较苦的，当时年轻嘛，比较抗得起。因为海拔太高了，没人上去，特别是冬天，雪都堆到腰杆上了，简直要把房子埋了。根本看不到路，怎么可能来人嘛。只有我们哨所十几个人，一天到晚你看我我看你。

我咋个认识她的？就是那本书上写的那样，她到山上来慰问我们。

我们哨长头一天接到电报，说有个小分队要来慰问我们，我们激动惨了，简直是开天辟地头一回。不要说我们新兵蛋子，连哨长都没遇见过。我们马上做准备工作，不是扫地，地没啥子可扫的，雪还没化完，虽然是五月份。我们就是想给他们开一条路，让他们上来的时候好爬一点。

我那时候是班长，最积极，带着大家从山上铲雪，一路铲下去。一口气不歇，又去炊事班帮厨，检查内务卫生……可能是累到了，晚上睡觉时我有点儿喘，我也没当回事，夜里还起来站了岗。

第二天他们真的来了，六个人，三个男的三个女的。的确和书上写的一样。看到有女兵我们更激动了。车子开到山下路边，他们就往上爬，一个个都呼哧呼哧地扯风箱。我们全部跑下去迎接，帮他们拿东西。女兵太好看了，我偷偷瞄了一眼就不敢再看了，心跳得发慌，气都不够用了。

但是，我绝对没有去抱她们哪一个，书上写得不对，我哪有那个胆子哦，上级命令我抱我都不敢抱。没想到他们领导还真的喊了一声，同志们，拥抱一下你们的战友吧！他们就伸开两只手来抱我们。三个女兵也很大方，挨着抱我们每个兵。

我一看转身就跑了，太不好意思了。

不晓得是不是太累了，还是太激动了，我到现在都搞不清楚，反正我忙得脚板朝天时，突然就倒地了，啥子都不晓得了。醒来的时候，我发现自己躺在地上，身边有个女人在使劲儿咳嗽。旁边的人喊，活了活了！然后就看到几个兵都在笑。哨长说，你小子福分不浅哦。

我不晓得发生了啥子事，浑身发虚，脸上脖子上都湿乎乎的。几个战友把我扶到床上。他们说我端了一锅姜汤刚走出炊事班，突然就倒地了，姜汤洒了一大半，关键是，没有心跳了，窒息了。那个女护士一看马上扑过来给我做胸部按压，按压了一阵，我的胳膊动了一下，她马上又给我做人工呼吸，费了好大的劲儿，才把我那口气吊上来，救活。

我的战友一致认为，我是被女护士亲了才活过来的，他们甚至认为我昏倒就是为了等女护士来亲。他们虽然没明说，但一个个表情都是那个意思，羡慕嫉妒惨了。

其实我一点儿都不晓得，命都快没了还想那些。但听战友们一说，我还是非常感激她，而且心里面有点儿那个……就是那个感觉，心慌慌的，出不赢气。

我跑去找她。她蹲在房子后面，拿了个杯子在漱口，还拿指头抠嘴巴。我说了声谢谢之后，就什么也说不出来了。她看都不看我，头也不抬，只说了句“这是我应该做的”，又继续漱口。

后来她领导来了，就是小分队的队长，很严肃地说，陈晓丽同志，你这样没完没了地漱口是不对的，哨所的水很珍贵。再说你不能嫌弃革命战友。

她突然就哭了，呜呜咽咽的，把我心疼惨了。

哨长把我拉到一边告诉我，女护士给我做人工呼吸时，很用力。哪知我的气突然上来的同时，胃里的液体也跟着上来了，因为嘴巴对着嘴巴，一口就呛进她的嘴里了，酸臭酸臭的。她一下就呛到了，又吐又咳嗽，脸卡白卡白的。

你把人家害苦了，差点儿晕过去。哨长说。

我简直是目瞪口呆，我居然那么过分，虽然不是故意的，但是也太糟糕了。人家一个年轻女娃娃，我居然吐到人家嘴里。难怪她不高兴，难怪她老漱口，难怪她哭。

我一下子觉得好内疚，好羞愧，好心痛。心里突然就产生了一个想法，我要报答她，要一辈子报答她。

我悄悄在纸上写了几句话，我说我的命是她给的，我欠她的。我要努力进步，争取立功、入党、提干（当时在部队就是这三大项）。希望她等着我。

我那个时候不觉得自己是癞蛤蟆想吃天鹅肉，我就是想弥补她，想对她好。再说了，我长到二十岁，她是第一个和我那个……亲嘴的女人。后来虽然没提成干，但是入党立功还是做到了的。三分之二达标，也算说话算话嘛。

你问她是咋个回答的？她当时根本不理我，走的时候看都不看我一眼。我就把纸条写好了放到手套里，就是我们发的军用棉手套。送他们下山的时候，我就把手套挂到了她脖子上。

就是这样的，事情就是这样的。

调整呼吸

1

她一上来就说，我好心好意的。

她说的时候，嘴巴向前努起，有些委屈的样子。

我好心好意地让她加入我们，好心好意地想跟她沟通一下。我哪晓得会发生这样的事。霉哟！

我感觉我必须和她沟通了，沟通是很重要的，你晓得嘛？有一篇文章专门谈沟通，说得太好了，我还在朋友圈儿转发了的，人与人之间……

别扯那些没用的！身边一老头儿吼了她一句：直接说事！

她不满地瞥他一眼：是警察让我从头说的嘛，你又不是警察……不行不行，我要调整下呼吸，心里面太乱了，太乱了。

说罢她闭上眼，就好像身边没人，深吸一口气，然后慢慢吐出，再吸一口，再吐出。如此五六次，终于睁开了眼睛。

好了，现在你问嘛，警察美女。

语气里好像忽然有了底气。

时间？大概就是下午两点的样子。我本来以为个把小时就可以了，但是很不顺，谈了半天都谈不拢，我把啥子道理都给她讲了，她都听不进去，哪有那么犟的嘛！老辈子经常说，听人劝得一半，她一点儿都不听，四季豆油盐不进。

我们？就是我们三个嘛，我和孙姐，还有李美。孙姐叫孙玉芳，比我大一岁。李美叫李艳萍，比我小几岁。在我们菩提馆，比我大的我都叫姐，比我小的我都叫美女，跟过去在单位上喊小张小李是一回事。

好长时间？可能有两三个小时吧。反正一直在谈，就是谈不拢，跟她沟通实在是困难，后面就吵起来了。其实我不想跟她吵，我们晚上还有重要的事情。我只是想说服她。哪晓得我说什么她顶什么，还不耐烦地站起来要走，我只好把她按住。

我承认，大家情绪都有点儿激动。主要是她嘲笑我们，说我们脑子进水了，盲目崇拜。简直是太过分了，明明是她不对！孙姐和李美很生气，我也很生气。她一个人肯定吵不过我们三个嘛，到最后气得话都讲不出来了，脸发白，还冒冷汗。太小气了。我喊她调整呼吸，她也不理我，气成那个样子。

说到这儿女人竟然笑起来了，好像赢了什么似的。这让坐在她对面的郭晓萱觉得不可思议。毕竟，发生了这样不幸的事。

女人叫牟芙蓉，六十岁，真看不出她有六十了。说话的时候，腰背笔直，头发一丝不乱地盘在脑后。衣着整齐干净，虽然质地一般，却很时尚，立着的领子还镶了一道亮边儿。立领下挂着一串珍珠项链，看那么大颗粒，应该是人工的。唯一能显出她年龄的，就是右脸颊靠耳朵的地方，有一块斑，俗称老年斑。拇指指甲盖那么大一块儿。

当然，她擦了粉。这个一眼就能看出，还抹了口红，擦了胭脂。额下的眉毛漆黑坚挺，一看跟眼睛鼻子就不是原配。

整个谈话过程中，她就那么一直笔直地坐着，神情淡定。两只手掌上下叠握着，放在腿上，郭晓萱总觉得她那不是随便握的，是经过训练后的样子。好像是坐在舞台上表演。

相比，她身边的老头儿就老相多了，佝偻着背，一脸倦容。

她翻来覆去说的最多的一句话就是，我完全是好心，我好心好意地想帮她，好心好意地喊她来沟通。哪晓得……

老头儿又一次训斥道，你啥子好心好意？纯属多管闲事。你又不是她妈，管那么宽！自己家里的事不管！

郭晓萱制止了老头儿的牢骚，让女人继续说。她想听。不仅仅是为了要弄清情况，还有几分好奇。这个女人，尊重一点儿说，这个阿姨，真是稀罕，是她从没见过的稀罕人物。她和自己的母亲年龄接近，却像是待在两个不同的世界里。

本来郭晓萱有些懊恼，她晚上八点才回家，奔波了一整天，真的是累憨了。她打算早点儿烫个脚上床，看个韩剧放松一下。可是刚擦了脚，就接到所长电话，说他们所辖的万福小区有人报警，某住户在家里发现一具尸体。所长说他已经派简向东和田野过去了，叫她也过去协助一下。她无奈，只好重新穿上袜子裹上羽绒衣赶过来。

到了后得知，这家就老两口，下午老两口都不在家。男主人打麻将去了，女主人参加文娱活动去了。晚上九点多，男主人先回家，进门就豁然看见客厅的沙发上躺着个女人，不认识，喊也喊不答应。好像不对劲儿。男人就一边打120，一边给老伴儿打电话。老伴儿电话一时没打通，120倒是很快来了，一看，说女人已经去世了，并且有可能去世两三个小时了。你们还是直接联系殡仪馆吧。120丢下这句话就走了。这下男人紧张了，就给派出所打了电话。

等简向东他们到达时，女主人已经回来了，就是这个牟芙蓉。她一回来就说，死者是自己的朋友，而且是自己今天下午叫到家里来的。

霉哟，我走的时候她还好好的，就是说头晕，想躺一会儿。咋个就死了呢？我以为她躺一会儿就会回家，我还叫她走的时候把门碰上呢。咋个就死了呢？

她说头晕，你们怎么不陪她，或者送她回家？简向东问。

哎呀，我们有急事的嘛，时间搞不赢了。任何事情都有轻重缓急的嘛。我哪晓得她会死呢，还死在我家里头。

牟芙蓉一副责怪死者的神情。

简向东感到事情蹊跷，虽然医生初步诊断，死者死于突发性心肌梗死。可是，这个牟芙蓉，怎么会让一个身体不舒服的朋友躺在自己家里，自己外出呢？

简向东就让郭晓萱带女人回派出所去了解情况，录个口供。自己和田野留下来等法医鉴定，并联系死者家属。

简向东嘱咐郭晓萱：问详细点儿，看看是怎么回事。

郭晓萱点头，略有些兴奋。分到派出所两年，她还是第一次遇到这样的案子。考虑到牟芙蓉上了年纪，郭晓萱让她老伴儿陪着她一起去所里。老头儿满脸怒容，一直恨着老婆，一看那恨意就是储存了很久的，还带着好几年的利息。

郭晓萱对牟芙蓉说，你接着说，为什么把她叫到你家来？

哎呀，我都说了好几遍了，就是为了沟通。沟通在人与人之间就像血永那么重要。

血永？郭晓萱略略顿了一下，反应过来，她大概是说的血脉。

说实话，我忍了她好几天了，实在忍不下了。她刚参加我们两次活动就起幺蛾子，说这门儿那门儿的闲话。今天中午吃了饭，我和孙姐，还有李美，就决定要和她沟通一下，不能再让她这样下去了。

我晓得我一个人说不过她，她文化高，我就叫了她们两个一起谈。

哪晓得……

2

唐佳开门进屋，屋里漆黑。她拉亮客厅的灯，叫了一声妈，没人答应。屋里安静得过分，是那种安静了很久，尘埃都一一落定的感觉。她又叫了一声妈，这次音量提高了一些。还是没人应。

她依次走到卧室厨房厕所看了个遍，的确没人。卧室里整整齐齐，床上的被子像宾馆那样平铺着；睡衣叠好放在枕头上，没有丝毫入寝的意思。厨房干干净净的，洗碗池里一个脏碗也没有，筷子筒里的筷子，照例朝一个方向斜着。看样子，晚饭就没在家吃。厕所地面清爽，马桶盖盖着，没有任何不好闻的气味儿。

至少房间显示出的气息是，没有外来闯入者。

唐佳稍稍放了点儿心。来之前她曾担心母亲一个人倒在屋子里。去年体检，发现母亲有冠心病。她也怕母亲洗澡的时候，发生煤气中毒什么的。总之独居老人可能发生的事她都想到了。当然，母亲不能算老人，刚退休一年，五十六岁而已。

看来母亲是出门去了，屋里没一点儿人气。拖鞋也端端正正地摆在门口，鞋尖冲墙。

可她上哪儿去了，这么晚还不回来？平时她去朋友家做客，再晚都要回来的。她说在别人家睡不着。前些年工作的时候，不得已出差，她会带上枕头，哪怕枕头占了她小半个箱子，她说那样好歹能找到一点家的感觉。不然无法入睡。

母亲是个过分有条理、过分爱干净的人。

唐佳掏出手机，再次拨打母亲的电话，她真希望铃声从某个房间响起。但是没有，电话依然是通的，屋子里却听不到一点点声音。这个号码，她今天已经打了七八遍了。每次都通，每次都一直响到断。您所拨打的用户暂时无法接听，请稍后再拨。

以前从来没发生过这种情况，偶尔没有接，很快就会打回来的。一种不好的预感在她心里冒出。她发了条信息过去：妈，求你赶紧给我回个话，急死我了。

本来唐佳大白天是不会联系母亲的，她们母女通常都是晚上睡觉前联络一下，互相问问情况。但是今天下午，单位上一个同事说晚上要请大家吃火锅，过生日。这个同事跟她关系不错，她想去。于是她给母亲发了条短信：妈，下午帮我接下叮当可以吗？我们单位有饭局。母亲没回。她就打过去，电话通了，却没人接。

唐佳估计母亲是在参加什么活动。母亲有个习惯，每次开会或者参加活动，总是把手机设置成静音。她认为当众手机响铃很没教养。也许母亲今天有活动。

她想了一下，又发了一条，算了，我还是让叮当他爸去接吧。你安心参加活动。于是她转而给丈夫打了个电话，把任务交给了不太情愿的丈夫。

饭局结束，她连忙赶回家收拾残局，把儿子弄睡觉。等消停下来，才忽然想起母亲一直没回她话，这不像母亲的做派。母亲看到未接电话，怎么也会给她打一个的。于是她再次打过去，母亲还是没接。怎么回事？再有活动，也不可能持续到晚上啊。再说这么长时间，母亲就不看看手机吗？

母亲家里早已取消了座机，手机是母亲唯一的通信工具。手机联系不上，她就不知道该怎么联系了。

挨到晚上九点多还是打不通电话，唐佳有点儿不放心了，就索性打了个车赶到母亲家。她甚至想好了，见到母亲就要说，不要老把手机搞成静音，让人着急。

可没想到，家里没人。

唐佳纠结了一会儿，给父亲打了个电话，支吾半天说，我妈她，有没有和你联系？父亲很不满地说，你哪根神经搭错了？你妈恨不能把我吃了，怎么会和我联系？唐佳说，我不知道她上哪儿去了，从下午开始就联系不上她了。父亲说，这才不到半天，那么紧张干吗。唐佳说，可是很奇怪，她手机通了一直不接，我都打了七八次了。我跑到家里来，也没人，感觉不对劲儿。

父亲略微停顿了一下说，你去看看她柜子里的枕头在不在？就是大立柜靠里面那扇门，你妈有时候发神经，会突然去别处住的。

唐佳一边拿着电话，一边打开柜子，一眼看到了那个小枕头。包在一个透明塑料袋里。她说，枕头在。旅行箱呢？父亲又说，床下的旅行箱在不在？唐佳弯下腰看了一眼说，箱子也在。父亲说，那我就不晓得了。嘿，不会有事儿的。她又不是青春美少女。

爸！唐佳生气地叫了一声。

父亲连忙说，反正她没联系过我，从去年她把我撵出来就再没联系过了，我打电话她都不接。她退休的事儿我都是听你说的。你妈就是犟，好歹让我解释一下嘛，连个解释的机会都不给我。

唐佳心里恨恨地想，谁让你五十多了还在外面瞎搞?!

她不满地挂了父亲的电话，又打给丈夫，丈夫手机占线，打了两次他才接。干吗呢？大晚上还跟谁煲电话？唐佳有些不满。丈夫敷衍说，单位上的事。怎么样，你妈在家吗？唐佳顾不上追究，急急地说，家里也没人，电话还是不接。会不会也是单位有饭局，太吵了听不见电话？丈夫分析。我妈都退休了，参加什么单位饭局啊。再说，有饭局也不可能那么晚吧？

会不会突发奇想，参加什么旅行团了？丈夫又提供一思路，完全不对症，也是，他和唐佳母亲，更是隔着几层。

唐佳说，不可能。就是参加，也该告诉我一声啊。没必要不接电话嘛。

丈夫说，那倒是。噢，肯定是手机掉了！

唐佳说，哎，这倒有可能……可是，也不对啊，她知道我每天晚上会跟她联系的，如果手机丢了，她该找个朋友的电话告诉我一声嘛。我妈不是那种大咧咧的人。

丈夫说，手机一丢，六神无主，忘了呗。

唐佳还是觉得不可能。她了解母亲，母亲是个非常有条理的人，到退休，都没有发生过丢三落四的事。父亲有外遇被她撞上那天，她都还是做好饭，吃完饭洗了碗，把桌子抹得明晃晃的，才坐下来和父亲谈话。

3

问询已进行了半个小时，还没什么实质性进展。

虽然牟芙蓉很健谈，不需要引导就滔滔不绝。可是经常跑题，郭晓萱不得不打断她，一次次把她叫回来。

你说走的时候，她还是好好的？

是啊，我还给她倒了杯水，是蜂糖水哦。我不晓得她有心脏病，刚才那个医生说是心肌梗死，这种病我听说过，死得飞快。

死因还没最后确定。郭晓萱严肃地说，你们争吵很激烈？只是吵，有没有……

你的意思是说打她吗？没有打。绝对没打。我就是推了一下她的肩，孙姐戳了一下她脑门儿。那个李美嘛，比了一下扇耳光的动作，也没扇。这根本不算什么嘛。我们上课的时候，青师经常这样对我们的，推两下拍两下都是经常的事，有时候青师还踢我们呢。是真踢哦，她火起来，一脚就踢过来了。

说到这儿，牟芙蓉竟然笑起来，是一种甜蜜的笑，仿佛诉说某种幸福：青师真的要打我们，你信不信？

青师是哪个？青师就是我们老师嘛。大名赖青青，年轻的时候是杂技团演员，得过好多奖呢。我们都喊她青师，多亲切的。

噢，先说明哈，这件事和青师无关，青师完全不晓得。

牟芙蓉再次漾开笑容，仿佛刚才那一笑，波纹太强，一时散不开，必须再推送一次。

青师真的要打我们，我挨过几回。太好笑了，刚开始的时候，她喊我做塌腰，我整死塌不下去，只晓得把屁股撅起来，她冲过来就踢了一脚，踢到我屁股上，还好我站得稳哦。

牟芙蓉呵呵地笑出了声。

我们那儿老一点儿的学员，没有哪个没挨过打。为什么打？肯定是着急嘛，嫌我们动作不到位嘛。

生气？才不生气呢，她是为我们好，真心为我们好。不管以前是做什么的，不管是公务员还是老板，在青师面前都是学生，打了都不会生气，都认。

这件事她上课的时候跟我们沟通过的，她说如果她不严格，就是害我们。我们完全理解，现在哪里有那么负责的老师哦。我好感动哦。我读书的时候，老师张都不张我一眼……

那么，病故的那位应女士，跟你说的青师是什么关系？郭晓萱又一次把她拽回来。

你说应美哇？肯定也是师生关系嘛。

应美？她不是叫应学梅吗？

我刚才跟你说了呀，比我小的学员我都叫美女。应学梅还是比我小几岁的，我就叫她应美。应美也是学生，我们都是学生，青师是我们的老师。我们都是菩提馆的学员。只不过应美是刚加入的，我介绍她加入的。

我和她是咋个认识的？早就认识了，我们是初中同学。国庆节同学聚会，她主动过来和我打招呼，说她也退了。难怪，她原来多骄傲的，根本不参加我们班聚会。

为啥子骄傲？成绩好嘛，加上她妈妈就是我们学校的老师。我们那个时候因为“文革”耽误了课，学校就把好几个年级的学生伙到一起上课。我们班有大有小。她是最小的一个。但是她太会读书了，成绩好得很。后来就考起了大学，毕业又当了干部。清高得很。

现在退了休，大家都一样了。晚年生活还不见得有我好呢。真是像我们青师说的，活下去就是胜利，你只要一直往前走，就有可能超过那些原来比你走得快的人。真是这样呢。当年那么骄傲的学霸，那天多谦虚地听我摆龙门阵。你简直想不到。

一旁的老头儿似乎已忍无可忍了，掏出一包烟向郭晓萱示意了一下，走出去。

牟芙蓉毫不受影响，再次挺了挺脊背：她夸我气色好，显年轻。我就告诉她我是练瑜伽练的，原先也是黄皮寡瘦的，从开始练瑜伽就改变了，现在我的水平都达到专业水平了。她开始还不信，我就马上站起来给她比了两个动作。

牟芙蓉站了起来，似乎想当场表演，被郭晓萱止住了。她坐下，掏出手机来，翻开照片给郭晓萱看：

我那天就是给她看了我练瑜伽的照片，我说刚开始的时候，我弯腰都摸不到脚背，现在我随便弯腰都可以摸到脚背了。瑜伽的二十个基本体式我都可以做了，我还可以做两个高难度体式，上轮式和下轮式。这个在我们菩提馆只有五个人可以做。

郭晓萱看到照片上，这个女人真的可以把腿扳起来靠在脸颊上，还可以把身体朝后弯成一张弓，还可以把两只手在背后合十。她吃惊地瞪大了眼睛。莫说六十岁，她二十多岁也做不到的。

牟芙蓉非常骄傲地说，她当时看到照片就目瞪口呆了，就像你这样，眼睛鼓起多大。

郭晓萱连忙收回目光。

她问我练了好久，我说练了九年。她简直不相信。她说九年前你也五十了呀。我说是哦，我们菩提馆一多半学员都是五十多的，还有六十多的。我们青师说，任何时候开始都不晚，就怕你不开始。我们菩提馆不但练瑜伽，还排练舞蹈——但是我们跟那些跳广场舞的大妈完全不同哦，我们很专业的。每天忙得要命，简直不得空。

她听了我讲这些，不是一般的崇拜，看她的眼睛我就晓得。

唉，我就是不该问她想不想参加，主要是当时太兴奋了，没忍住。其实我们馆早就满员了，除非有人退出才能进新人。但是我看她那么崇拜地看着我，就主动说，来嘛来嘛，和我们一起练。

她还是有点儿银（矜）持的，她说等我哪天有空去看看吧。

郭晓萱听见银持想笑，又忍住了。

有什么好银（矜）持的，不就是一个科长吗？她越银（矜）持，我就越想把她拉进来。唉，就是从这儿开始扯拐的。我不该带她去看。简直不该。那天她一看到青师就大惊小怪的……太过分了。

4

唐佳在自己的手机通讯录里翻了半天，也没找出一个母亲的朋友。丈夫刚才建议她联系一下母亲的闺蜜，她才发现她根本找不到母亲的“闺蜜”，一个也找不到。她知道母亲有几个要好的姐妹，有两次在家里遇见，还叫过阿姨，但她没有她们的联系方式。谁会想到去要父母朋友的联系方式呢？

唐佳很后悔，那个时候为什么不记两个阿姨的电话呢？

说来，她都不知道母亲的生活是什么样的。虽然每天晚上通电话，但从来都只有几句。吃饭没有？早点儿休息。偶尔都懒得打电话，发个微信，今天还好吗？母亲就说，还好。或者母亲说，降温了哦，不要感冒。她就回一个，知道了，你也要注意保暖。

刚才她一边跟丈夫通电话一边在屋里来回走，这才发现客厅有变化，长饭桌被移到了靠窗的地方，上面铺着宣纸摆着笔墨，看来母亲在练习写毛笔字了。然后又看到凉台的晾衣架上，挂着青花布的衣裤。她从没见母亲穿过花衣服，而且连裤子都是花的。让她很是好奇。看来母亲有新的爱好了。

自打自己结婚后，她就没和母亲好好交流过。各忙各的。父亲发生外遇后，唐佳觉得，母亲怎么也会跟她哭诉一次，就做好了准备，到母亲家来住了一晚上。哪知母亲依旧很淡定，说其实她早有感觉了，只是不想去探究真相。顺其自然吧。唐佳说，这种事怎么能顺其自然？你应该敲打一下他。母亲说，敲打一下，他只会藏得更深。唐佳说，那你怎么察觉的？母亲说，嗐，老夫老妻了，说话一个尾音不对都能露馅儿，何况……我发现他在偷偷吃壮阳药。母亲说到这儿居然扑哧一下笑了起来。那个晚上，母亲还是跟她聊了好一会儿，谈了自己对婚姻的感受。母亲说，夫妻之间，装糊涂很重要。我本来一直想装的，但是运气不好，撞上了，再装就是耻辱了。

母亲退休后，唯一的支撑没了，眼看着精神气儿散掉。唐佳就动员母亲去参加社区活动，或者上个老年大学，或者约上以前的女友去旅游。母亲都以各种理由拒绝了。唐佳真是不明白，她看到人家那些母亲，要么在家晒孙子晒饭菜展示天伦之乐，要么穿得花红柳绿的在风景区自拍，自己母亲却是两样都不参与。

母亲说，唱歌跳舞我都不会，看书写字我自己可以在家做，至于旅游，一定得找到称心的同伴才行。

母亲过于清高，大学毕业，事业上并不顺利，始终是个小科员。但还是这个瞧不起那个看不上，即使退休了，也放不下身段。就连网上的朋友圈儿母亲都不参与，只是偶尔为女儿发的照片点个赞，自己从来不发。唯一的社交，就是偶尔跟大学里的两个女生一起喝茶。有两次唐佳有事找母亲，她说她在外面跟同学喝茶。

可是，唐佳也不知道那两个同学的电话。

实在无奈，唐佳只好打给母亲原来单位上的一位女同事，那个女同事的电话唐佳是有的。

对不起呀黄老师，这么晚打扰你。那个，我妈妈她，今天有跟你联系吗？

黄老师叫黄槐，曾和唐佳母亲一个办公室。黄槐说，应老师吗？没有呀。我最近一次遇见她，还是中秋节的时候，她来领月饼，在单位门口碰到的。我们搞活动请她来她也不来。

黄槐说话依旧是慢条斯理的，和母亲有几分相像。

唐佳迟疑了一下说，黄老师，你知不知道我妈好朋友的电话？黄槐说，不知道呢。唐佳又问，那你知道她最近参加什么社团了吗？问完觉得不好意思，自己都不知道，怎么能指望单位的同事知道？黄槐果然说，没听说。可能不会吧？她不喜欢那些。原来一说起老年大学什么的她就撇嘴。唐佳想，没错，母亲是那样的。

黄槐问，怎么了，你跟应老师联系不上了吗？

黄槐一直叫母亲应老师，即使母亲当科长的时候。如今还是这么叫，这让唐佳有几分亲切。她和母亲差十二岁，和自己差十三岁，所以都以老师相称。

唐佳说，就是。她今天下午一直不接电话，我觉得奇怪，就到她家里来了，家里也没人。这么晚了，平时这个点儿，她早就回来了。她不喜欢晚上出门的。

黄槐说，哦，那是有点儿奇怪。

是啊，我打了好多次了，响断了都没人接。她不会生我的气吧？

黄槐说，不会不会，应老师不是那样的人。我上次给她打电话她当时没接，然后就回过来了，还跟我道歉呢。应老师特别有教养。

黄槐一边说，一边拿起手机拨通了唐佳母亲的电话，的确是，响断了都没人接。

您所拨打的电话暂时无法接听，请稍后再拨。

唐佳也听见了这个声音，越发焦急起来，这样的情况从来没发生过。我老公说可能是手机丢了，手机丢了也应该回家呀。都这么晚了她能跑哪儿去了嘛。我看了家里，箱子什么都在，不像出远门。我感觉有点儿不对劲儿。

黄槐也急了：那是不是应该报警？

唐佳忽然就带了一丝哭腔：我都不知道该上哪儿去报警。

黄槐说，要报警的话，应该到应老师户籍所在地的派出所。不过，我听说起码要四十八小时。除非是小孩儿走失。

唐佳说，那怎么办啊，我就这么干等着到四十八小时吗？为什么非要等四十八小时？

黄槐说，我也不知道，大概失踪的人很多吧。我觉得应老师不会有事的，她那么平和的一个人。这样，我现在过来陪你一起想办法。

唐佳软弱地说，好的，谢谢黄老师。

5

牟芙蓉终于有些累了，提出要上厕所。

郭晓萱注意到，她底下穿的居然是毛裤，跟上面的旗袍完全是两个世界，用她的话说，完全不能沟通。大概再想时尚，也架不住老关节出毛病拖后腿。

从厕所回来后，她的精神气儿好像泄掉了一些，没那么振作了。她坐下，又开始闭上眼睛，吸气，吐气，如此三次。然后睁开眼对郭晓萱说，我们青师说，调整呼吸很重要，不然心就乱了，心乱了魂就没了。我现在遇到啥子事，都要先调整呼吸。

郭晓萱拿纸杯给她倒了杯水，她喝了几口，然后很仔细擦了嘴角，拉了拉衣服的下摆，坐正，仍然把两手叠好，放在腿上。

她注意到了郭晓萱的目光，又说，我们青师说，任何时候，人都要坐有坐相，站有站相。尤其是女人，一辈子就是活个样子，活个形象，你要让别人看到你最好的样子，你才会好上加好……

比如你，警察美女，肩胛骨就没打开，本来那么漂亮，一含胸就掉分了，晓得不？

话锋突然转向自己，郭晓萱有些尴尬，她下意识地挺了挺背，甚至暗地里想，自己要不要也抽空去练练瑜伽？

看来青师是你们的偶像喽？她讪讪道。

肯定嘛。我们青师任何时候出现在我们面前，都是女神范儿。你根本看不出她六十岁了，真的，比我还显年轻，从后面看像二十多岁。我这件衣服，就是比着我们青师的款式做的，太有范儿了。青师那天穿起走进菩提馆，我们简直惊呆了，就跟林青霞、张曼玉一样。青师手很巧，她身上的衣服都是她自己做的。我们的瑜伽服也是她设计的，跟其他瑜伽馆的不一样，其他瑜伽馆就是土白布，我们是青花……

应美那天一报到，青师也给了她一套青花瑜伽服。她也是，不但不感恩，还恩将仇报。本来我们菩提馆都满员了，青师看在我的面子上破例收了她。她倒好，才去两次就生是非……

我好心好意跟她说，穿上这身青花，走路的步子一定不能太大，也不要哈哈大笑。她居然说，不就是装淑女吗？这咋个是装呢？是修养嘛，唉，简直是没法跟她沟通。

沟通个屁！你就是多管闲事！老头儿抽完烟进门，又是一声吼，啥子家务都不做，一天就在外面惊风火扯地乱整。

我咋个是管闲事呢？毕竟是我把她介绍进来的，看到她不对就应该管。她反驳老头儿，神情很坚定。

她那样做很不好！对青师不好，对我们整个团体都不好。我们这个团体像个大家庭一样，那么和谐，友爱，不珍惜怎么行？我们每个人都有责任爱护它保护它，我们又不是跳广场舞的大妈。

再说了，她那样做，连带把我的名誉也搞坏了，本来我在群里头还是多有威信的。青师经常叫我做示范。真的，她太不应该了。我必须告诉她，她那样是不对的。我如果不说，她自己简直意识不到，她能加入我们，是她的福分……

老头儿又吼了起来：到现在还在说这些没用的你个老太婆！一天到晚神癫癫的，做些莫名其妙的事！我早跟你说过要出事！这下好，人死在你家里！看你咋个交代！

牟芙蓉神色突然黯淡，那两条本来正上扬的眉毛，突然就耷拉下来。文过的眉毛如黑剑一样，毫无缓冲地刺向两颊。

但很快，她又振作起来：我又没做什么违法的事，我就是好心好意介绍她加入我们。我看她退休了，很无聊，天天在家窝着，脸都是卡白卡白的。她比我小几岁，看起来比我还显老，我走出去，没有哪个看得出我要六十岁了，是不是吗警察同志？

郭晓萱差点儿点头。

昨天我婉转地说了她几句，要她尊重青师，她多尖刻地给我顶回来，说我盲目崇拜，没有原则……啥子原则不原则的，她就是喜欢居高临下。都退休了，还端起干啥子？我们学员里还有个局长呢，都不像她那么端起。

我只好约了孙姐和李美一起来帮助她。她也是，那么小气，吵不赢我们脸就气得发白。还是大学生哦……

郭晓萱不想再听她唠叨了，开始总结性地帮她梳理：

是不是这样，下午你把她叫到你家，和她谈话，谈话过程中你们发生了争吵，大家情绪都比较激动，然后她感觉身体不舒服，你就让她在你们家躺着，你们就走了，是这样吗？

是的，就是这样。她点点头，忽然叹了口气。脸上的粉有些撑不住了，没有弹性的黄皮肤显露出来。真相毕露。

我好心好意地喊她来谈，哪晓得根本谈不拢。我不知道她有心脏病，要是知道我都不会叫她练瑜伽。瑜伽不适合心脏不好的人。我真是太倒霉了，本来是好心好意的。我们正在批评教育她，不是，我们正在沟通，她突然说头晕得很，不想说话。我估计她是不想听我们说了，装病。

我想既然说不通，就不能让她参加晚上的活动，免得她在会场乱说。我就喊她在我们家休息，我真的是好心好意的。

你们没给医生或者她家里人打个电话？

搞不赢了，我们五点半要赶到酒店做准备。慌慌张张的。

你的意思是，你们把她一个人丢在你家里了？

她顿了一下说：我哪想到会那么严重？头晕嘛，我也经常头晕，喝点蜂糖水就好了。我想她休息一会儿就可以回家了嘛，我跟她说，你走的时候把门关好……

于是你们走之后，她就心脏病发作，去世了。郭晓萱的声音和表情，都变得严肃起来。

牟芙蓉听到这话，把本来已经坐得很端正的身子，再次调整了一下，挺了挺脊背，虽然面容上已经显出疲倦和衰老，但看得出她在努力撑着：

我还不是后悔得要命。要怪就怪我当时太心急了，生怕影响到晚上。孙姐和李美两个也觉得不应该影响晚上，我们就先去酒店了。路上好堵，还好我们没迟到，晚上的活动很成功，老头儿打电话的时候我们刚刚结束。我那个独舞还被青师表扬了的。

牟芙蓉说到这里，两只手下意识地比出了兰花指。

6

值夜班的年轻警察，像是刚毕业的大学生，一张脸尚未刻下岁月的痕迹。他一边在电脑前坐下一边问，失踪的是老年人吗？

唐佳连忙说，不是老年人。

警察说，多大年龄？

唐佳说，五十多。

警察瞪了她一眼：五十多还不是老年人？嘁！

唐佳愣了，她从来不觉得自己妈妈是老年人，顶多是中年人。她苦笑着看了眼黄槐，心想，自己这个三十多的人，在这个年轻警察的眼里一定是中年人了。

什么时间失踪的？

唐佳说，嗯，今天下午就联系不上了。打电话一直不接，刚才，就是刚才我们来的路上又打，还是不接。太奇怪了。

警察说，打电话没接很正常嘛，我也经常顾不上接电话。

唐佳说，但是对我妈妈来说是不正常的，她从来不会这样。

警察的眼神完全是不以为然，似乎是说，凭什么你妈妈不接电话就是不正常？但他说的是，下午到现在，也还不到十个小时嘛。

唐佳连忙说，我知道要四十八小时，我就是觉得太反常了。我怕她出意外，她一个人单身生活……万一……

警察摆摆手，没事没事，你既然来报警了我们肯定会接的，肯定要登记的。

警察依次问了姓名、年龄、地址、身份证号，以及失联的时间、地点，还有她妈妈的电话号码。然后依次录入电脑中的一张表格上。

唐佳看到那张表叫“失踪人员登记表”，还有编号，心里稍稍安心一点。

智力健全吧？我的意思是，有没有老年性痴呆之类，走出去记不到路了？很多来我们这儿报失踪的都是这种情况。

唐佳连连摇头，没有没有。她脑子很清楚。关键是她以前没出现过这种情况。

黄槐也在一旁证明：她刚退休一年多。退休前是我们的科长。就是因为她平时做事很有条理，一点儿不糊涂，我们才会着急。

年轻警察登记完了，按了个保存。好了，先这样，我们这里有情况的话，会马上联系你们。

唐佳说，你们不马上采取措施吗？

警察说，采取什么措施？现在就组织警力满大街去找吗？

唐佳忽然按捺不住地喊了起来，如果是你妈妈找不到了，你会这样吗？

眼泪一下就出来了。黄槐连忙搂住她的肩膀。

警察愣了一下，然后态度很好地说，我理解你的心情大姐，但是，你知不知道，每天都有很多人来报告失踪，其中大部分两三天后就找到了。尤其是老年人，一时找不到家了，这种情况很多。我们不可能每个都立案。除非你有证据证明对方可能存在人身安全危险，或者说对方可能会受到侵害……刑事立案是非常复杂的事情，立了就不能撤，而且需要拿出大量的警力。如果你不能提供足够的涉案理由，公安机关缺乏立案的依据，是不会立案的，报案后只会给予公民必要的协助。

唐佳感觉他在背书，但还是起到了作用，她平息下来。

黄槐替唐佳回答说，好的，我们知道了。

警察索性转向黄槐：放心，我会把刚才登记的信息发布到我们的平台上，让其他派出所一起关注的，一旦有消息，我一定及时联系你。我建议你们自己也通过网络平台发布一下消息，发动亲友找，可能效果更好一些。有线索的话也及时告知我们。

黄槐连连点头。

两人从派出所出来，互相道别。黄槐安慰唐佳，也许明天就会有消息的。唐佳忍着眼泪谢谢黄槐，陪自己那么久。然后各自上车，打算离开。

唐佳刚刚发动汽车，电话就响了，她忙不迭掏出电话，真希望是母亲的。真希望母亲说，不好意思啊，我电话关了静音，一直没听到。

可是是丈夫。

丈夫说，那个，刚才警察来电话，说他们在一个人家里，发现了妈妈……

在哪儿？谁家？

嗯，他们说，妈妈她，心脏病发作，已经不行了……

7

郭晓萱接到田野打来的电话，说法医已经确定应学梅是死于心肌梗死，没有其他外力因素。

我们已经联系到了死者家属。你们走了后，在她家沙发下面发现了死者的手机，手机是静音，一闪一闪的，已有十几个未接电话了。估计她是想打电话求救，掉到了地上。

还有，那个牟芙蓉离开的时候，的确是给应学梅倒了一杯蜂糖水。这点可以证明当时她们没有恶意，是没料到会发生不测。虽然她的举动有点儿不可思议。

你问完了，就让他们回家吧。

郭晓萱说，好。

牟芙蓉似乎猜到了电话的内容，她盯着郭晓萱的脸问，搞清楚了哇？我可以回家了哇？

郭晓萱点点头。

她马上站了起来，胜利似的跟老头儿说，我就说不怪我嘛，是她自己身体出问题了嘛。其实也没什么，一下就走了痛快，不受罪。我还希望我以后像她这样呢。

老头儿依旧是怒气冲冲的样子，完全不搭理她，转身出了门。

郭晓萱说，那个，我想再问你两个问题可以吗？

牟芙蓉说，问嘛。

郭晓萱说，你一直说死者说了不该说的话，她到底说了什么？

牟芙蓉的怒气又上来了：嘿！她一来就说她认识青师，认识就认识嘛，又说青师年轻的时候……做过那些事，被单位除名了。

什么事？

算了，我不能讲，不能传播。我才不信青师会做那样的事，我们都不信，她肯定是听到谣传了。青师怎么可能像她说的那样嘛。

再说了，不管你从哪儿听到的，都不应该乱说。谣言止于智者。警察美女，你说是不是？

郭晓萱说：还有个问题，晚上你们到底有什么事，那么着急？

牟芙蓉脸上顿时云开雾散，两根漆黑的眉毛挑了上去：哎呀，今天是青师生日啊，六十大寿！我们早就计划好了，半年前就计划好了，今天晚上要为青师庆生。

我们都不说她六十，我们在蛋糕上给她插十六根蜡烛，祝她永远像少女一样美丽。

我们排练了好几个节目，我有两个舞蹈，其中一个还是独舞，把瑜伽动作都用上了，还有莲花手倒立哦。

我们为这次生日晚会准备了很长时间，我还专门订了一套纱裙，效果之好，不摆了。我们肯定不能因为她影响了呀。

还好晚会非常成功。青师说，她感到非常幸福。今天是她最幸福的一天。我们也感到非常幸福，今天是个开心的日子。

郭晓萱觉得后背发凉，这个女人，揣着的那颗心，如同她那条能竖起来贴脸颊的腿一样不可思议。

她站起身，示意她可以走了。

牟芙蓉挺着背，深吸一口气，吐出，然后走出门。

推开门的一瞬，她又回过头来说：警察美女，记到哈，把肩胛骨打开，像我这样，不要含胸。

主人不在家

给我们开门的，是个四十多岁的胖女人，应该就是刚才在可视门禁上问我们是谁的那位了。她扫了我一眼，又扫了廖阿姨一眼，最后落在我们的口罩上，然后一句话没说，递了两副鞋套过来。

我和廖阿姨放下工具箱，蹲下身去穿鞋套。鞋柜旁有个凳子，但她并没有让我们坐下。无所谓，我已经不在乎了。见我们穿好鞋套，她看了一眼手机说，现在是一点五十，就算你们是从两点开始的吧。我心想，凭什么扣去十分钟？但看到廖阿姨都没吭声，我也就没说话。

胖女人带着我们走进屋子，进门左侧就是厨房，她指着厨房里的水池说，你们在这里接水洗抹布，但不要开热水。往右边打，右边是冷水，莫搞错了哈。

又遇到个抠门儿的。可能那身肉都是靠抠门儿攒起来的。我在心里狠狠吐槽。

厨房的台子上放着几样东西，她一样一样拿起来递给我：这张帕子是专门抹桌子的，不要用你们公司的，要用我们家的，我们家是细纱布，擦了不会有毛点点。这张嘛，是专门擦沙发的干帕子，蘸沙发油擦。这个嘛，是洗拖把的洗洁精，拖把在阳台上，拖一遍要用洗洁精洗一遍。但是卡卡角角（角落）拖把整不到的地方，你们要用帕子擦，这个是专门擦地的帕子。

过场真多。

她好像听到我腹诽似的，忽然看我一眼，质疑说，你那么年轻个妹儿，以前做过吗？我点点头。廖阿姨连忙说，她一直和我一起做的，她做得好，手脚麻利。

胖女人一扭身，带我们进了客厅，边走边说：我们家原先每个月都要喊清洁公司来打扫的，这几个月有疫情嘛，就不敢喊了。半年没打扫了，脏惨了。

我发现她走路时，屁股是旋转式扭动的，还是顺时针。

一进客厅，顿时感到了凉爽，显然开了空调。这让我松了口气。疫情一过，夏天就三步并作两步地赶来了，连续几天都是高温。不开空调，戴口罩做清洁怕是会中暑哦。

客厅很大，比之前我去过的那几家都要大，摆满了看着很贵但很俗气的家具，雕花描金的，还泛着光亮。电视墙上是一大块紫红色的绒布，挂了一幅“花开富贵”的水墨画，好像一片枯叶漂在深潭上。除了一台巨大的电视机，电视柜上还摆着各种物件，有财神，有菩萨。最显眼的是块大石头，颜色混沌，不知是玛瑙还是水晶还是玉。一排玻璃门通向阳台，透过窗帘，隐约看到阳台上的花草，蔫耷耷的，了无生机。

胖女人的头上顶着高高的发髻，黄褐色，喷了很多发胶，人凭空高了几厘米。我们把这种头称为“姆姆头”（姆姆是四川人对中年妇女的称呼）。但这位胖姆姆身上，却穿着粉红色的家居服，上面布满了横七竖八的卡通小熊，太搞笑了。也不知他们家是做什么发财的，这么有钱。估计是做生意，要么就是个贪官。我以我有限的社会经验胡乱猜测。

胖姆姆继续给我们布置工作，她指着沙发和茶几说，这些都要搬开清扫，下面好多灰尘。还有那两棵发财树，看到没，叶子上都是灰，你们要一片一片地擦，擦仔细。

我有些沉不住气了：一片一片地擦？

姆姆说，是哦，不然整不干净。

我看向廖阿姨，廖阿姨却不看我，依然淡定地点头：晓得了。

完了，今天完了。我心里有些烦。没想到最后一击最重。

八月，我终于拿到了录取通知书，而且是上海交大。那个高兴，真是无法形容，恨不能一跳八丈高。总算没有白辛苦，没有白熬夜，没有白掉头发呀。

不过兴奋之余，还是有点儿忐忑。虽然老爸老妈早就说过，只要我考上，砸锅卖铁也要让我去读。但真的面对各种费用，我还是觉得挺内疚的。尤其是，当时选学校时，爸妈希望我选成都这边的西南交大，可以减少一点开销。我却违背了他们，说了些高大上的理由，选了上海。其实我选上海，就是想走得远一点，远离这个城市。再说那是十里洋场，国际大都会，很诱惑我。我的闺蜜秋彤，为了和他在一起居然选了哈尔滨。那我就和他们来个南辕北辙吧。

我知道我们家穷，虽然父母一直在辛辛苦苦工作，父亲还常年不在家，但他们的收入依然有限，我还有个读初三的妹妹。我去上海读大学，会刮掉家里一层皮的。我也想了以后兼个职，但那是以后，现在还是得刮爹妈的皮。

那天晚上，当老妈把银行卡递给我，告诉我里面的数额时，我一下子觉得很难过，嗓子眼儿发堵。我很想说，我以后会好好报答你们的，但说不出口，从上中学后我就没跟爸妈说过抒情的话了。憋了半天我才说，怎么给那么多，不需要那么多的。妈妈说，到了大城市，你怎么也得添两件好点儿的衣服。我低头说，妈，我拖累你们了。妈妈说，嘿，你这个娃娃，咋个这样说呢，你是给我们争了光。好多人羡慕我和你爸。钱嘛，哪个都可以挣到的，你那个分数不是一般人能挣到的。给你妹儿也做了个好榜样。

妈妈的语气里满是由衷的骄傲。我感动得不行，抱住她说，妈你放心，我一定好好读书，将来挣大钱报答你和老爸。

妈妈并没有热泪盈眶，笑说，以后的事情以后再说吧，远水解不了近渴。

老妈居然幽默起来了。我也调侃说：那我马上去给你倒杯水。妈妈拦住我，狡黠地笑笑：我真的有个难题，不晓得你能不能帮我。

我马上直起腰：什么事？你说。

妈妈说，这段时间我老是胃上不舒服，去社区医院看，拍了片，医生说不是胃的问题，是胆结石，有好多小石头，要我做手术。

我知道这事，听她说起过。我说那就去做呀，趁我在，还可以照顾你。妈妈说，不是这个问题。我不需要照顾，那是个小手术。我担心的是工作。如果我去手术，就要耽误几天……

三年前老妈被一刀切下了岗，便在家政公司找了份工作，就是上门做清洁。她很在乎这份工作，尤其今年经历了疫情，就业越发困难。她说他们公司重新开业后，好多人来求职，还有大学生。她担心她休息几天会被顶掉。

我说，生病就医是一个人的权利，你们公司如果因为生病开除你是不符合劳动法的。

妈妈说，哪像你想的那么简单哦。你不晓得，最近这段时间我们公司生意好得很，因为前段时间停了嘛，现在客户都打电话催我们去，简直忙不赢。有时候我们连晚上都要做，一天做三家。我要是几天不去，那个空缺马上会被人顶掉。

原来是这样。我有点儿明白母亲的意思了。

妈妈小心翼翼地说，你可不可以，替我几天？我只需要三天，医生说那是个小手术，微创，当天就可以下床。这三天，让廖阿姨带着你做，不会有好难的。这样我就可以不跟公司请假，悄悄去医院。

我在稍稍愣了一下之后，马上以从未有过的豪迈口气说，没问题，妈，你不要休息三天，你休息一星期。我来做一个星期好了，不就是打扫卫生嘛。

老妈喜出望外，眼睛发亮。我知道不仅仅是因为她可以去做手术了，更是因为她觉得她女儿愿意帮她。我原本可以找理由推托的，比如，想和同学出去旅游，或者，想去报个英语班，但是，我摸了一下良心，良心还在，没被狗吃掉。

其实，在稍稍愣的那一下，我还想到一点，秋彤前几天约我开学前去峨眉山，说她要还愿，也趁机玩玩儿。我一直纠结要不要去。答应了妈妈，我就不用再纠结了。

于是我从一周前开始，顶替我妈，跟着妈的老搭档廖阿姨开始了清洁工的工作。廖阿姨每天早上从公司那里接下单，就领着我去，我虽然是生手，但有廖阿姨罩着，加上自己的努力，也没太大问题。廖阿姨还夸我机灵呢。我们上午做一家下午做一家。今天是最后一天，这是第十二家了。

几天前妈妈已经顺利地做了手术，摘了胆囊，里面有五六颗小石头。有一颗已经堵到胆管了，医生说很危险，幸好手术及时。之后妈妈就回家了。我让她继续休息，我再做三天。她开心地跟我说，我现在也是无胆英雄了，无胆英雄有个有胆女儿。

这让我很有成就感，原来不工作也可以报答妈妈。

当然，也很累，那和天天复习的累法不同。浑身的筋骨都要散架了。每天晚上回到家，躺在床上拿着手机，还没刷完朋友圈就睡着了。我咬着牙想，一定要坚持一个星期，让妈妈彻底康复，也让自己彻底踏实。昨天晚上，我看到秋彤在朋友圈发了照片，果然他也去了，还好我没去。她问我在干吗？我回复说，在帮老妈做家务。

胖姆姆又带我们去卫生间。

卫生间有三个。她推开门说，厕所要好好打扫，几个月没打扫了，脏得很，两个马桶和蹲坑都要用洁厕精擦洗，马桶盖也用洗洁精擦洗，还有浴缸和洗脸池，都要用洗洁精清洗。一定要搞得白白净净。对了，如果你们要用卫生间的话，就用外面那个，那是客用的。

哪个稀罕！本小姐还嫌你脏呢。我心里恨恨地回了一句，然后面无表情地说，婆婆你放心，我不会上厕所的。

胖姆姆简直要弹起来了：你咋个喊我婆婆呢？我有那么老吗？

我偷着乐，这是我的杀手锏，专对讨厌的女人，屡试不爽。

胖姆姆继续布置工作：这三间是卧室，这间是书房。卧室嘛，我每天都打扫了的，不算太脏。但卡卡角角还是有灰。书房好久没打开了，灰大得很，好生打扫。玻璃窗也要好生擦，简直太脏了。先用你们的刷子擦，擦完以后再用我们家干抹布抹一遍，不要留指拇印。纱窗要取下来拿到淋浴间去冲洗。你们肯定晓得嘛。

我越听头越大，但看看廖阿姨，依然很淡定，只是点头。

前面做的几家，我们俩基本上用三个小时就能完工。但这一家的工作量，我感觉得四个小时。本来就大，四室两厅双卫，又遇到这么个挑剔苛刻的雇主，算我们倒霉。

胖姆姆终于交代完了，扭着臀圈儿去客厅的沙发上瘫下。廖阿姨低声说，抓紧吧，我去擦窗户，你做室内。我点头，擦窗户是技术活，我还不行。何况他们家是高层，二十楼。

我提了桶水，从最里面那间卧室开始。

那间应该是主卧，一张超大的床，一排大立柜。床对面也有个大电视机。真够奢侈的。卧室没开空调，有些闷热，也有些气味，似乎长期没通风了。

床的上方挂着一张很大的彩色照片，一对老年夫妻，穿着中式服装。难道是胖姆姆的父母？可是卧室为什么要挂父母的像呢？哦，这间房是给父母的。我自以为是地判断。但是从床上的被褥看，像是没有人睡，罩着床笠呢，一丝人气都没有。也许父母只是偶尔来？偶尔来还留这么大一间卧室，看来胖姆姆还是孝顺的。

我一边做卫生一边胡思乱想，以打发难熬的时间。本来我是想一边做一边塞个耳机听书的，但廖阿姨说公司有规定，不允许。我只好作罢，靠各种胡乱猜测打发时间。

很快做完了主卧，还有和主卧连在一起的卫生间。搞卫生嘛，认真些就好，也没多少技术含量。廖阿姨都夸我动作麻利。我把家具全部擦完，拖了地，也遵嘱用抹布擦了“卡卡角角”，然后关上门，去旁边一间。即所谓的书房。

书房里几乎看不到书。本来我还想看看主人读什么书，判断他的职业。可是大柜子里只有一些文件夹，一些杂志，还有各种合影照片，各种小摆件。桌上连个电脑都没有，落了一层灰。

第二间卧室比较小，也比较乱，床上的被子都没叠。当然床上我们是不管的，我们只管家具和地面。我一下就判断出这是胖姆姆的卧室，因为一进门就看到了她的大头照。大头照在宣示主权。当然，和现实比，肯定存在着卖家秀和买家秀的距离。

擦床头柜时，我发现还有个相框，是一家四口的合影，一本正经地坐在照相馆的布景前，大概是前几年的，胖姆姆还比较瘦。两个男孩子十来岁的样子。看那个花里胡哨的布景，像是在小县城照相馆拍的。难道她是从县城奋斗到成都的？然后在成都买了大房子？可是，感觉相隔没几年时间呀。

我的好奇心又被挑逗了。再打量，发现椅子上丢着几件衣服，质地都不咋样，还花里胡哨的。我想起秋彤的妈妈赵阿姨，企业高管，穿衣服从来都是两个“不”：不便宜，不张扬。那才是低调的奢华。也许胖姆姆是苦出身，虽然发了财，也还是习惯低消费。

我一边瞎琢磨，一边做完了胖姆姆的卧室。看了一眼手机，已经三点多了。

我洗了拖把，换了一桶水，推开最后一间卧室。

哇，里面居然有个人！我吓一跳，迅速关上门退出去。是个婆婆，背对着门坐在床上，悄无声息地在穿衣服。我退出去时，听见她哑着嗓子说，你等一下再进来。那声调，语气，加上背影，真有点儿悬疑片的感觉。这个婆婆是谁？难道是胖姆姆的妈？可是她为什么不睡主卧？

真的是好奇心爆棚。

坐在客厅看电视的胖姆姆听到动静了，懒懒地朝我喊了一句，你先来做客厅嘛，她慢得很。

我便提着水桶去了客厅。身上已是汗涔涔的，脑门上一颗汗珠流下来进了眼睛，我抹了一下，顺便将口罩往下拉了一点，露出鼻子透透气。

胖姆姆乜我一眼说，工作期间不要取口罩哈，要一直戴到。然后她指了一下她坐着的沙发靠背，那上面是曲里拐弯的雕花：这些缝缝里的灰也要擦干净。

真是不想理她，太烦了。但我还是“嗯”了一声。

母亲曾和我说过，像她们这样每天派往不同人家的清洁工，虽然不像固定做那么在乎雇主，但总还是期待遇到一个好雇主，包容，随和。昨天下午我们做的那家，面积也比较大，做到最后，是那个女主人催我们走的：差不多了，你们赶紧回家吧。

今天显然运气不佳。

我不知道妈妈是怎么忍下来的，她一定经常遇到这样的雇主。

不管怎样，我必须坚持到底。

我继续干活。客厅那个长方大茶几，死沉死沉的，不知道是什么木头，我怎么都移不开。胖姆姆总算起身帮了我一把。

茶几移开后，下面的污垢暴露出来，灰尘已经黏成坨了，有些还粘在地板上。估计是有水流下去过。另外还有头发丝花生米瓜子皮什么的，实在是不堪入目。胖姆姆自己都不好意思了，讪讪地说，有半年没打整过了，确实有点儿脏。

我先扫了一遍，再蹲下去一点点地擦，揩，刮。好不容易弄干净，刚一起身，就和婆婆来了个面对面，又吓了一跳。

她是什么时候进客厅的，一点声音都没有。

婆婆看着我说：哦，今天做清洁的是个小妹儿呀。

胖姆姆说，人家早就来了，我全部交代清楚了。

口气像是表功。我想，也许是她母亲。可是，她母亲为什么不睡在那张有大照片的主卧？我又看了一眼婆婆，和照片上那个婆婆不像，不，完全就不是一个人。照片上那个富态白净，眼前这个却黄皮寡瘦，苦巴巴的。就算照片P过，苦巴巴的神色也是P不掉的。眼前这张脸，一看就是从来没被善待过。

婆婆手上拿着一个搪瓷杯，手背上有一大块老年斑，花白稀少的头发显得干燥蓬乱，但身上的衣服倒是很得体，一件青花色的中式上衣，一条黑色的裤子。她慢吞吞地走到饮水机那里，接了半杯水，又慢吞吞地坐到沙发上，一口一口地喝。脚上的拖鞋似乎不合脚，在地上摩擦出吧嗒吧嗒的声音。

胖姆姆直起身子问她：你睡好了哇，那你看着，我出去买东西哈。

婆婆说，买啥子？晚上不是有菜吗？

胖姆姆说，酸奶！酸奶没有了。明天早上喝啥子？这些事只有我在操心。

她竟然这样和她妈妈说话，凶巴巴的。

婆婆一点儿不生气，慢条斯理地说，我去买嘛，我想出去走走。

胖姆姆正想起身，听见她这么说，马上一屁股坐下：好嘛，随便你。随后又补了一句，记到拿钱哈，你又用不来支付宝。

婆婆放下杯子，慢吞吞地站起来，吧嗒吧嗒走到五斗橱那里，对着镜子梳了梳头，然后拉开抽屉拿出小包，再从进门那个乱七八糟的衣帽架上，取下一件小坎肩，套在外面，再然后慢慢开门，再关门。整个过程就像是慢镜头，而且是非常慢的那种。

门刚一关上，沙发上的胖姆姆就迫不及待地哼了一声，好像那一声在她鼻子里等了很久了，再不哼出来她要喘不出气了：哼！一天到黑就在外头晃，回来就在屋头躺起，啥子都不管。搞得在院子里认识的人比我还多。

她丝毫不介意我在旁边，将她的不满宣泄无遗。

我小心翼翼地问，是你妈妈哇？

我妈？哼！咋个可能嘛？哼哼！她的鼻子连续哼着，还不过瘾，又说，我和我妈要是有这么大的房子，我死了都要笑活转来。

怎么，不是她妈妈？重要的是，也不是她的房子？那么，刚才那个婆婆才是这家的主人吗？不对，如果婆婆是主人，胖姆姆怎么那么凶巴巴地和她说话？否定。

哦我知道了，婆婆是她的老人婆（老公的妈）。据说现在儿媳妇都很厉害的，高居上位。我妈因此常说，还好我是两个女儿，不用当婆婆。也不对，如果是她婆婆的话，那她老公呢？房间里完全没有男人的痕迹呀。否定。

我心里迅速展开各种推理。否定又否定。

再想，婆婆住的房间比胖姆姆的那间差，是背阴的。难道，婆婆才是他们家的用人？也不对，谁会请这么大年纪的用人。噢还有个可能，婆婆年轻时是他们孩子的奶妈，老了他们就赡养她。我在哪本小说里看到过这种故事。

我被各种猜测折磨得，实在是无法忍受了，脱口说：她不是你妈，那未必她是你的……

正在这时廖阿姨提着水桶路过客厅，看到我在多嘴，大声说，七妹儿，抓紧时间哈。

我七月生的，我妈叫我七妹儿，廖阿姨也跟着这么叫。我只好把话咽下去了，但是心里那只猫生出无数个爪子一阵乱挠。

还好，就在我心里猫爪似的难受时，胖姆姆心里的那只猫也在挠她。人应该都差不多吧，不管啥学历，也不管啥性别，都会有颗八卦的心。当我返回去打扫婆婆那个房间时，胖姆姆居然跟过来了，神神秘秘地说，我跟你说嘛小妹儿，她是我们陈孃孃（阿姨）的朋友。

陈孃孃的朋友？这句话信息量太大了。就像那句名言，话越短事儿越大。就是说，这个家是陈孃孃的？胖姆姆是保姆？可是她从进门开始对我们颐指气使的那个样子，就好像她是这家的主人。怎么也想不到后面还有个主人。

我按捺住自己迫不及待的心情，做出恍然大悟的样子说，哦，那个婆婆是来你们家做客的呀。

胖姆姆说，啥子做客哦，住起就不走了，都两年了！

不满情绪再次侧露。住了两年？那就不该叫客人了，应该叫，叫什么来着？门客？我脑子里使劲儿搜索着。书到用时方恨少。好像在哪里读到过，古时候那些贵族，会在家里供养一些人，就叫门客。但那些门客不是白养的，大都有两下子，可以给主人当高参，遇大事时出谋划策。这个婆婆显然不是当高参的料。

我在胡思乱想中做完了婆婆的房间，关上门回到客厅，重新打了一桶水，开始做那件最烦琐的事：擦发财树的叶子。手摸上去才知道，这棵发财树是假的，难怪放在房间里还那么绿。

胖姆姆也晃到客厅来了，又一屁股倒进沙发。

我说，你们陈孃太好客了。

我实在是管不住自己，又开腔了。我真希望她别让我一句句引导了，痛痛快快地讲。

她果然开始讲了：我们陈孃也是莫法。前两年张孃（婆婆）的老公死了，她不晓得咋个就找到我们陈孃了，跑起来哭，我们陈孃也陪到哭，哭了几大才走。哪晓得过了一星期又来了，还带起换洗衣服，住下就不走了。你肯定想不到吧，已经住了两年多了，太搞笑了！我本来照顾我们陈孃照顾得好好的，现在要管两个了！

原来，胖姆姆，婆婆，都不是主人！陈孃才是！一定是那个挂在主卧墙上的富态老妪。至于胖姆姆，我能确定她是保姆了。我的好奇心总算有所缓解，而且还get到了重点：“现在要管两个了。”难怪那么不满。

胖姆姆又说，你不晓得，她的过场比我们陈孃还多，经常喊我做这门那门的事，还挑剔得很，一哈儿嫌我菜烧得太辣，油太多，一哈儿又说饭硬了。过场之多。烦得很。这几天陈孃不在家，她才消停一点儿。

我听得出神，停止了手上的动作，胖姆姆及时发现，努努嘴提示我，我连忙接着擦。没想到这家里有这么多好玩儿的故事。

不过，我在享受着八卦的乐趣时，心里又有些鄙夷她：这什么人啊，一转眼就把主人家兜了个底朝天。

胖姆姆继续兜底：还好我们陈孃明天就回来了。她去做个小手术，明天出院。所以我赶快喊你们来打扫，不然她回来看到那么脏不好，我昨天给她把床上的被单全部换干净了。我们陈孃特别爱干净。

她老公呢？话一出口，我恨不能白自己一眼，也太过分了，直接问人家家事了。可是心里那只猫爪子总扒开我的嘴。我拦不住。

胖姆姆说，她老公走了，我来的时候已经走了。她一个人孤单嘛，我就过来照顾她。我都来了六年了。

难怪，难怪。六年，主人翁意识早已建立。

胖姆姆叹气说：我已经五个春节没回家团年了，我老公原来还经常跑来看我，现在一年也来不到一回，不晓得他在做啥子，我也拿他莫法。我走的时候小儿才读四年级，现在初中都毕业了。大儿都要女朋友了。你说有好久？太久了，一万年了。如果不是陈孃对我好，我早就回家了。

这番话让我有些意外，五个春节没回家，啧啧。

本来这个房间是客房。她指了指婆婆那个房间，我儿子放假的时候过来要就住客房，现在被她霸到了，我儿都不愿意来了。

第二个重点也画出来了：鸠占鹊巢。

胖姆姆正说得起劲儿时，门忽然开了，婆婆回来了。

婆婆手上拎着个塑料袋，里面有几根香蕉。她进门后朝胖姆姆笑说，我买了香蕉。这种小香蕉好吃。

口气有些讨好，并不像胖姆姆说的过场多。

胖姆姆冷冷地问，酸奶呢？

婆婆愣了一下，笑说，哦嗜，我买了香蕉，把酸奶搞忘了。

胖姆姆居然没有抱怨，只是说，算了嘛，我一哈儿去买。

婆婆说，没事，我再跑一趟。说罢放下手上的塑料袋又转身出门。

我有些同情地说，她那么大年纪了，来回跑行吗？

胖姆姆满不在乎地说，她莫得好大，才七十二，比我们陈孃还小一岁。她就是这个样子，身体不好。所以要让她多走走。

七十出头？比我外婆还小七八岁呢。我外婆快八十了，天天买菜做饭。我放松下来。

胖姆姆延续着刚才的话题：唉，你不要看她现在这个样子，年轻的时候还是多好看的，比我们陈孃还好看。真的，她给我看过她的照片，简直是个大美女，我们陈孃说她是校花，当年追她的男生排起队。唉，哪晓得老了成这个样子。

难以想象！我恨不能马上也看看那照片。校花？大美女？简直无法对接。脑海里又浮现出婆婆的样子。岁月真的是杀猪刀，春花秋月都没了，朱颜也没了。

你咋晓得她们那么多事情呢？我揶揄她。

胖姆姆说，嘿，她们两个每天都在摆过去那些龙门阵，有些龙门阵摆了好多道了，我都听腻了。她们最喜欢说当知青的事情。她们就是当了几年知青嘛，感觉好像当了几十年的样子。

终于擦完一棵发财树了。叶子太多，擦了半天才擦完一棵。

本来我想提出，把发财树搬到淋浴间用喷头冲洗的，可以快很多。毕竟已经五点了，我们已经干了三个多小时了。但是我没说，还是站在那里慢慢擦。因为我舍不得走开，客厅不但有空调，客厅还有故事。

胖姆姆的八卦心已经收不住了，开始滔滔不绝，而且我发现，在她滔滔不绝时，她的脸色变得红润，眼神也有了光亮。不像我们刚进门时那个百无聊赖心烦意乱的样子了。看来八卦是可以让人心情愉悦的。当然，我这个听众亦有贡献。我不断地表达着惊讶、同情、赞同以及恍然大悟。

原来，陈孃和婆婆是中学同学，关系特别好，就是我们说的闺蜜。后来一起下乡。在知青点，她们同时喜欢上了一个男生，那个男生嘴巴很会说，脑壳转得快，是他们知青点的领袖人物。在一场看不见硝烟的战斗后，男生最终选择了婆婆，而且就在乡下结婚了。陈孃回城后，努力拼搏，从街道工厂做起，一直做到大企业，成了大老板。可是婆婆却过得不好，他们因为有了孩子，费了好大劲儿才回城，回城后也一直过得不好，主要是那个男的得了病，是尿毒症，要经常透析，很花钱。家里只能靠婆婆一个人撑着。后来男的就走了。婆婆也没有再婚，一个人把儿子养大，并且帮他成了家。没想到这个儿子很不孝顺，根本不管她。所以嘛，婆婆就成了孤老太婆，每个月就靠两千块社保过日子。

不是我们陈孃帮她，她还要惨。胖姆姆进入总结陈词，我们陈孃一点儿也不计较早些年那些事，收留了她，生活费都不要她出。她啥子都不用做，就是陪陈孃摆龙门阵。陈孃无儿无女的，也是孤单。陈孃很晚才结婚，没生娃娃。

我脑子里顺理成章跳出四个字，红颜薄命。马上又跳出另一个词，世事难料。忽然，又莫名其妙地想到了秋彤和他。好奇怪。似乎听胖姆姆讲了陈孃和婆婆的故事后，我这段时间的郁闷居然消散了，心里明亮起来。难道八卦也会变成鸡汤？

正在我被胖姆姆的八卦迷得不知今夕何年时，身后传来咳嗽声，是廖阿姨。糟了，廖阿姨听到我在八卦了。我赶紧埋头擦灰。

哪知廖阿姨咳了两声后，竟怯怯地问，那你咋个不去医院照顾陈孃呢？

廖阿姨竟然说出了我想说的。看来她咳嗽并不是警示我，她一定也被胖姆姆的故事迷住了，忍不住加入了八卦阵营。

胖姆姆说，陈孃那个医院高级得很，不准我们外面的人去，都是用他们医院自己的护工。再说，我走了，她咋办？

我知道她说的是那个婆婆。

胖姆姆叹气说，本来我是想趁这个机会回家耍几天的，陈孃不同意，她说我走了张孃（婆婆）没人照顾，张孃要是也走了，这个家就没人气了。陈孃最怕孤单，她就是想家里随时有人。

胖姆姆的语气很无奈。那一刻，我对她的厌烦已然消失。

婆婆回来了，终于买回了酸奶。胖姆姆接过来，若无其事地放进冰箱，然后去厨房做饭。脸色又回到我们刚进门的样子，好像刚才滔滔不绝的人不是她。

我已擦完全部叶子了，假叶子泛出绿油油的光来。手机振动，妈妈发来一条信息：做完了吗？我女儿辛苦了。后面还有两个拥抱的表情。我悄悄回了个“不辛苦”，加了两个龇牙。然后，我去阳台打扫了一下，顺便给那些花浇了水。植物兴旺也可以增加家里的生机呀。

我们六点结束，果然做了四个多小时。

临走前，廖阿姨拿出卡片让胖姆姆签字。她们办了一张年卡，一个月一次，做一次签一次。

胖姆姆不接笔，转身喊，你来写！

婆婆奉旨，颤巍巍地走过来，拿起笔，仔细签了“陈晓蓉”三个字，字还写得挺好看的。

我说，你再签个你的名字嘛，你是代签。

婆婆又在旁边写下了“张丽娟代签”。

我终于知道了故事主人公的名字，陈晓蓉，张丽娟。至于胖姆姆，我就不去打探她的名字了，作为一个讲八卦的，还是低调点儿吧。

胖姆姆把我们送出门，态度很好地说，辛苦了，慢走哈。

我也态度很好地说，阿姨再见。

一刹那

1

那一刹那，我脑子里出现的竟是电影镜头：车身侧翻，三滚两滚，撞向路边防护栏，然后砰的一声，开始燃烧……真是警匪片看多了。我都忘了当时在下大雨，就算油箱撞裂汽油流了一地，也很难燃烧吧。

其实翻车之前，我脑子里想的是另一部电影，《穆赫兰道》。开篇就是一个女人和三个男人在暗夜里行车，车突然停下，两个男人拿着枪逼女人下车，女人惊恐万状不知所措。突然，公路上飞驰而来几辆赛车，疯狂的赛车党将他们的车以及车旁的男人撞得稀烂。惊魂未定的女人爬出车逃命，却被撞坏了脑子，不知道自己是谁，为什么会在车上，于是好戏开始上演……

但我肯定不至于，我是一定知道自己为什么在车上的。虽然车里的四个男人都是我今天才遇见的，叫不出名字，只知道一个是副站长，一个是驾驶员。但是这场车祸我是认识的，它先于发生潜入了我的大脑，虽然潜入得非常缓慢，如同花生酱——据说世界上流速最慢的液体是花生酱——但潜入后就逐渐凝固了，凸显出一场车祸的模样。

所以，当车子撞向山体的一刹那，我没有惊叫，脑子里想的是，你真的来了！就好像亡命天涯多年的逃犯，终于看到了拿着手铐的警察，释然大于恐惧，周身放松，气守丹田。

翻车之前我已感觉到了异常，车身突然不受控制地下滑，虽然我们原本行驶在下坡道上，但下行和下滑是不一样的。驾驶员死命地扳着方向盘，真的是用了洪荒之力，但车子根本不理他，继续失控。只听副站长大喊：刹车！踩刹车！驾驶员回：没有刹车了！

“没有刹车”这个表述是如此贴切，以至于让我有了触感：一脚死命踩下去，刹车踏板和车子是失联的，只是一块铁皮而已。我在他们的简短对话中怔住，但大脑并不是一片空白，而是充斥着愤怒，甚至还有点儿幸灾乐祸：好嘛，不听我的嘛，这下你们如愿了吧。

我下意识地抓紧了上方扶手，身子听天由命地交给了那股巨大的来自虚空的力量，我完全没想到应该抱住脑袋俯下身。那一刹那，我在等着自己被弹起来，然后摔下去，顺应车意。

据说人的大脑是有偏好的，天生就爱关注突发事件，而对那些随时都在慢速移动的场景视而不见。比如我们翻车那会儿，山坡上的树枝一直在微微晃动，雨水在默默地流过石壁，喝了雨水的玉米又悄悄长了两毫米，风在雨里继续呼啸，甚至，我们脚下的大地，也因为地壳运动而正在慢慢西移……我们只会注意眼前突如其来的快动作，注意一刹那。

一刹那之后，世界定格了。当然，世界是不会定格的。即使在最寒冷的南极，也有很多原子在运动。只有到了零下273.15摄氏度，原子才会停止运动，那就叫绝对零度，而绝对零度只存在于理论层面。所以我说的定格，不过是存在于我的感官世界里。

雨真的很大，感觉头顶那片天被两个交锋的大气团占领了，打得你死我活。天也是黑透了，以至于我们的车撞向山体接着一头栽下防洪沟时，都没有发出惊天动地的响声，就像无声电影中的镜头，默默划过银幕，其中还有个特写：右前轮一撞之下与车体分离，腾飞起来，在马路上向前滚，滚下了左侧的山崖。山崖下，是波涛汹涌的大渡河。而我，原本是坐在那个车轮上的。我在那个轮子上坐了十四个小时。此时是晚上八点。

屏幕上应该出现一行字幕：一小时前。

2

一小时前，我们爬上折多山，山顶海拔4300米，北京时间十九点整。这个时间，比我们预期的晚了三个多小时。之所以晚，是因为前期的行程不顺，一误再误。

整座山都在下雨，整座山都被黑云笼罩着，能见度极低，我只能隐约看到车前灯照耀下的十几米路。车子小心翼翼地跟着那束光一点点前移。雨刮器开到了最快挡，和雨水争抢着玻璃窗上的地盘，来来回回，无休止地摩擦。于是乎，下山的三十多公里路我们走了五十分钟。这五十分钟里，早上潜入我脑海的不祥预感愈来愈清晰，我的心为此揪成一团，紧得发疼。

好在，当夜幕彻底笼盖四野后，我们终于进入康定城。看到雨夜里星星点点的城市灯火，我稍稍安心一点，于是再次小心翼翼地提出那个建议：

这么大雨，这么晚了（快八点了），我们就在康定住一晚上吧。

我想我都如此疲惫，司机一定更甚。真应该停下来歇息了。我们已经连续行驶十几个小时了，人困马乏，更重要的是，我们今天一路上遇到的塌方和翻车，比我进去的十天里遇到的总和还多。估计那天的黄道日历上一定写着：今日忌出行。

但没有人回应我。

这是我第二次如此说了。第一次提出这个建议，是在吃午饭的时候。我们两点才吃上午饭。那时尚无智能手机，我是凭来时的经验判断的，到康定肯定天黑了，从康定到雅安还有一百四十多公里。这样的山路实在不适合开夜车。我相信他们也会这样想，明摆着的事。

我说，咱们今晚住康定吧。

不料他们好像和我坐的不是一辆车，遇到的不是一样的经历，我的预测和建议，在饭桌上完全不能形成气候。他们意志坚定地表示要继续赶路，继续按原计划走。他们反复说，没问题的，他们经常这样走，肯定能在天黑前到雅安。四个男人，含驾驶员，每个人都把这句话说了一遍。那份笃定，不容置疑，让我无法反驳。

我只好顺从。毕竟，他们在这条线上已经跑了几十趟，而我才两趟。再毕竟，当时还是朗朗晴空。人都是受缚于自身经验的囚徒，关键是，他们的经验也把我绑架了。

大雨是五点开始下的，或者说，我们是五点进入大雨的。大雨一直在那儿下，是我们驶入了大雨。雨水令很多路段泥泞不堪，行车的速度和安全系数都大大下降，如此，不该重新考虑我的建议吗？安心在这个被情歌唱红的山城住一晚上，明天早上去雅安？

我完全没有打卡网红点的意思，我只是忍耐到了极限。腰酸，背痛，头晕，恶心，最重要的是，那个不祥之感愈来愈强烈，它不是平白无故产生的，是路上点点滴滴的遭遇累积而成的。如我前面所说，它就像花生酱，缓慢而又持续地涌入我的脑海，然后逐渐变得坚硬。等到大雨倾盆时，它已经坚硬到像一把手枪，顶在了我的脑门上。

车上沉默。四个男人没有吐出一个字，甚至连“嗯”“呜”这样表示思考的语气词都没有，他们以集体沉默表示不同意。我真恨不能把那把枪转而对准他们的脑门：停下！再这样赶路是会翻车的！

可是我没有超能力，那把枪只顶着我的脑门。车子就在我的恳求下和他们的沉默中，疾速地从康定城穿过，雨水把车灯前的柏油路照得发亮，亮到发滑。

我想再争取一下，就说，驾驶员太疲劳了，应该休息一下。

不想驾驶员马上说，我没事，主要看你了。

驾驶员说这话的同时，脚下似乎还在暗暗用力。

我也不知道我为什么会那么软弱，就好像我是搭他们的车，不得不顺着他们似的。实际上，这辆车是专门送我下山的。沉默片刻后，我妥协了，退一步说，那，我们先吃晚饭吧。

我想这个要求总该被认可吧。吃晚饭时，司机可以休息一下，从午饭到现在，他已经连续驾驶六七个小时了。他的疲倦和不耐烦显而易见。

这次他们接话了。副站长先说：这个，现在才七点过（他竟然把七点五十叫作七点过），大家都还不咋饿，我们就不在康定停了，我们再往前赶一点，去天全吃火锅鱼嘛。另外两个男人马上附和说：对的对的，去天全吃鱼，那边的几家鱼都好吃，不摆了。驾驶员说，反正烂路走完了，剩下都是好路了。

我沉默，愤怒在心里燃烧，恨不能怒吼：吃个狗屁鱼！难道你们非要翻车才甘心吗？在我的愤怒中，车子像上了滑雪道似的，以七八十公里的时速，疾速离开康定城，重新上了公路。

如此说来，那一刹那，始于一小时前。

3

车祸现场。

撞进沟里后，我很清醒，想着必须马上离开这辆车，免得车爆炸把我也炸上天。我真是这么想的，来自电影的影响力是如此强大。我努力向外爬，离开座位时，忽然想起背包没拿，转身拿上，顺带还摸了一下口袋，手机在。

我手脚并用，爬到门边时，先于我爬出去的三个男人，拽了我一下。原来他们已经爬出去了。不知道他们在最后一刻是什么感觉？有没有后悔？有没有歉意？

大雨依旧猛烈，还伴随着强烈的风。那风的时速大概超过了我们的车速，我不得不蹲下，以免被吹倒。时不时划过锯齿般的闪电，闪电亮起的瞬间，我看到五个人站在公路边上，傻傻地看着沟里的车。所幸，五个人都全尾全须地站着，没人受伤，至少没有重伤。受伤的是车，车子以报废的模样卡在沟里，车的前保险杠撞断了，少了个车轮，还碎了一块玻璃，显然，没有大吊车来请它，它是坚决不会上来的，它瘫在那儿嘟囔说：不行，我散架了。

如果要给这场车祸命名，我想应该命名为明知故翻。是谁明知？车？驾驶员？还是副站长？反正不是我。我是明知要翻极力阻拦，没拦住。我因此而痛苦。人的一切痛苦，本质上都是源于对自己无能的愤怒。王小波如是说，我亲身体会到了。

我终于开口说，给牟主任打个电话吧。

当我开口说出这话时，才意识到自己的声音发颤，甚至发岔，腿也在抖，衣服湿透了。这辈子头一回用上了那个词：瑟瑟发抖。我拿出手机，用背囊挡着雨，想拨打电话。

副站长一步上前拦住我：别急，等会儿再说。

我不明白他什么意思，等会儿？等会儿难道车子就能从沟里出来，像电影镜头那样回放吗？毕竟我这趟行程，是牟主任安排的。报告他是必须的。我希望他马上派一辆车过来，把我接到雅安去。此外，我还要，迫不及待地想要，吐槽。

副站长说，还是我来报告吧，我带车。

我明白了。我打这个电话，有点儿告状的意思。他打，算是汇报工作（突发情况）。虽然很不情愿，但软弱的本性让我依了他。

这个时候，我隐约发现我手上有血，抹了下额头，是额头出血了。很淡，被雨水稀释了，但毕竟是血。不知道撞到什么硬东西了，疼倒是不太疼，但生气。他们的固执，居然让我付出了血的代价。我很想大声质问他们，你们到底是为了什么，非要赶夜路，非要在大雨中赶夜路？

可是我一句话也说不出来，继续瑟瑟发抖。

副站长向路的两头张望，期待有往来的车，但一辆都没有，没有上山的，也没有下山的。没有人像他们这样冒死在雨夜赶路，制造一场明知故翻的车祸。

绝望中，雨幕中忽然出现了光亮，一辆小车从坡下爬上来了，我又惊又喜，竟然也有人在这样的夜晚跑路。小车主动停在了我们身边。一个男人探出头问：需要帮助吗？

真是活雷锋啊。雨夜雷锋。

副站长连忙上前说，谢谢谢谢，需要帮助，我们的车出车祸了，能不能麻烦你先把这位女士带到康定去？男人说，没问题。我说，不好意思，我身上湿透了，会搞脏你车的。他说没事没事，快上车吧。副站长又叫来我们车上的另一个男人，跟我说，我在这里等处理，让助理员送你去康定。安顿下来给我打个电话。

就这样，我再次上了陌生男人开的车。

但这一次，我没有什么不好的预感了，而是松了口气。毕竟前面铺垫得太狠了。等在车上喘匀了气，我才意识到今天还有个反常，以往一到六七点，丈夫会打电话来问，走到哪儿了，是否安全。今天都八点了（都翻车了），也没有任何音信。

我满心不高兴，但还是主动打了一个，我急于和这个世界重新建立联系，获得安全感。不料丈夫上来就说，他六点半给我打过两次电话，都没打通。我释然，猜想那时正翻越折多山，信号不好。我努力淡定地告诉他，我们出车祸了，我现在搭了一辆过路车返回康定。

之所以努力淡定，是因为以我对他的了解，他一定比我还淡定。我若哭哭啼啼的，惊慌失措的，会很尴尬。他果然“哦”了一声，然后问，受伤没有？我说，没有大问题。他说，那就好。今晚住康定吗？我说是的，目前是这样考虑的。他说，那你今晚好好休息。

不管怎么说，我和失联的世界再次联系上了。世界虽然没有热烈拥抱我，也还是正常的世界。

到达康定，助理员已经为我联系好了招待所。我一再向那位雨夜雷锋表达我的感激，我问了他的名字，留了他的电话。我也不知要怎样，但这是表达郑重的意思吧。

我浑身湿透地站在简陋的房间里，窗外大雨还在持续，但是风势弱了些。风也和我一样疲惫不堪了。我有些恍惚，我是怎么走到这一步的？

4

一天前。

中午吃饭时，我和站里的人闲聊，我说我的采访已经差不多要结束了，打算过两天就返回总部。我还说这些日子麻烦他们了。

我上川藏线采访，除了跑路外，还选了几个点住下。塘坝是最后一个点。我已在此住了三天。

这时，一直埋头吃饭的副站长马上抬头问，你怎么下山？

我说我跟牟主任说了，他会派车来接我。

他马上一脸笑容地说，噢，简直是太巧了，我们站里明天有辆车要下山，你可以坐我们的车下山，免得麻烦牟主任了。

我有些缺少思想准备，明天下山？这不合我的计划。但是，他的建议又很难拒绝，有顺路的车不坐，让人家专门派车上山，再下山，显得有点儿摆谱。见我犹豫，他又说，我正好要去雅安办事，我亲自送你下山，保证安全。

我迟疑着说，也好。

他马上说，那就这么定了。

是我的犹豫害了我。正如我的前领导给我的鉴定：你这个人，第一理想主义，第二优柔寡断。理想主义已经被现实生活折磨得形销骨立，站不稳了，但优柔寡断却如中年体形，越来越敦实。

我想抓紧时间采访，便放弃午休出去找人。路过办公室时，听见副站长正在讲电话：人家作家老师的工作已经结束了，老待在我们这山上好无聊嘛……我送她下山之后马上就返回，不会影响工作的……就两三天时间，绝对没问题。

我这才明白，不是正好有车下山，是我正好成了他下山的借口。最近站长不在，估计上级不希望他离开。他便拿我当了理由。可是，这一来我更难推却了。因为，他比我更迫切地想走，他会排除一切阻力拉我下山的。

晚饭时，他果然很高兴地说，一切都安排好了，牟主任指示我带车，把你安全送到。明天早上我们六点出发。

我吃了一惊，那么早？

他说，不早，六点走，晚上就能到雅安。

我又吃了一惊，这第二惊里有了害怕：明天晚上赶到？从塘坝到雅安，我来的时候可是走了三天，就算是越野快，也不至于快那么多吧？七百多公里的山路，起伏蜿蜒，处处有险情，起码应该分两天走吧？我弱弱地问了一句，能行吗？

他豪迈地回了句，没问题。我们从来都是这样走的。

跟着他又加了一句，放心吧。你的生命宝贵，我们的生命也宝贵。

我有些不悦，但不再说话。其实我当时完全可以说，算了，我不坐你们车了，我还是想多待两天，多采访两个人。我这样说了，他还能绑架我不成？可是我竟然说不出口。我就这样眼睁睁地看着自己走上了歧途。

一刹那的事情，并不是在那一刹那发生的。

当然，我也抱着侥幸心理（也算是为自己不得不出发做的心理建设）：上山的时候我阑尾疼，很担心路上发作，到了山上不好办。可他们只是给了我一板阿莫西林，说问题不大，吃两颗就行了。两天后我还真的不疼了。每次遇到塌方，石头滚了一地，我提心吊胆地觉得应该后退时，他们总是若无其事地下车，把石头搬开接着往前走。或许这条危机四伏的路对他们来说，和城里的街道差不多。一天跑七百里山路在他们是小事。

早上六点，天还黑着，我拿上行李出门。车停在院子里，我习惯性地坐到后面，副站长走过来说，老师还是请你坐前面吧，我们后面要挤三个人。

挤三个人？不是说专门送我的吗？但转念一想，他们常年守在山上，好不容易有辆车下山，搭个顺风车难免。我便坐上副驾，把随身的背囊和保温瓶也拿到前面，堆在脚下。

果然又来了两个大男人，和副站长一起挤到了车后座。他们沉默寡言，连个招呼都没和我打。驾驶员也不苟言笑，五官端正，瘦而高，算是个帅哥。但是，我更喜欢送我上山的驾驶员，黑乎乎，胖乎乎，一脸笑容。身处陌生环境，亲和力远比颜值更重要。

我就这样十二万分不情愿地上了路。

车里很沉闷。我想说几句活跃一下，或者和他们闲聊，联络一下感情。毕竟，五个人要在狭小的空间里相处十几个小时。但是，除了副站长偶尔回应我，其他三个男人都一声不吭。尤其驾驶员，我能明显感觉到他不说话不是拘谨，而是不快。从侧面看他始终板着脸，似乎对这一趟出车任务很不情愿。

我作罢，也陷入沉默。窗外掠过的一座座山，在渐渐明亮的天光里泛出浓浓的绿色，毕竟是六月。山腰缠绕着云雾，犹如仙境。川藏线的美名不虚传。可是这样的美，是从危险中孕育出来的。

果然，出发不到一小时，我们就遇见一辆翻车，车和人都很惨，再走没多远，又遇到塌方，车子堵成一条长龙。前面的司机都靠在车上抽烟，好像只要躺平路就会通。我们车上的三个男人只好下车，涉过泥泞走了好几里路，到前面的养路段叫来了推土机，将道路开通。再往前走，又见一辆翻车，翻在路中间，把路堵得死死的。又去找大吊车来将其移开，得以通过。

如此这般，早饭推迟到十点，午饭推迟到两点。驾驶员似有些心急，将车开得飞快。有段路被洪水冲断淹没了，他也不减速，冲过那段路时，被水下的一块大石头狠狠绊了一下，车子腾空而起，将我放在前面的保温瓶弹起来，砸在我的头上。他竟然连一句抱歉都没说，后面三个男人也一声不吭，好像没看到。

我感到不快，但忍了。毕竟这是川藏线。但接下来，车祸继续出现，简直邪门儿了，前后六次。要命的是，每次经过车祸路段都非常缓慢，几乎是挪过去的。让我想起沙漠的迁移，大部分是跃迁，小部分是挪迁。我们就是挪迁，从天上看肯定察觉不到我们在动。由于如此缓慢，我不得不一次又一次直面现场，接受血淋淋的交通安全教育。

车祸外还遇到两次塌方，一次是山上的大石头毫无征兆地滚下来，还好没砸到我们车，稳稳地立在路中间，我们车上四个男人，加我，都推不动。后来又来了三个司机，才把石头推到路边。还有一次山体下滑，泥沙俱下堵了一半路，我们是挨着悬崖边儿挪过去的。

这样一路走下来，感觉糟透了。早上出发时那个隐隐约约的不好念头，开始蠕动变大，我极力按压它，不让它探头。我反复告诉自己，不会有事的，辛苦归辛苦，不会有事的。

却不料，终于有了一刹那。

5

车祸三小时后。

夜里十一点，我终于放松下来，躺倒在了床上。虽然那床并不舒适，但好歹，一堵墙将雨夜和我隔开了。我洗了澡，换上了干净衣服。游荡的魂灵终于有了个龟缩的角落。

在此之前，助理员叫来一个医生给我做了检查，当然是以肉眼可见的方式，我除了额头擦伤，胳膊肘和膝关节红肿，背部有些疼痛（估计是肌肉拉伤），其他没有大碍。至于是否脑震荡，需要回到城里才能查了。但我感觉没有，我的大脑比撞车之前还要清醒。

再在此之前，餐厅给我送来一碗热面条，解决了饥肠辘辘。那个助理员还给我找了个电炉（六月的康定之夜还是挺冷的），让屋子里不那么湿冷了。

一切安顿下来后，助理员给副站长打了电话，然后又站到我面前，一再问我，还需要什么。我一再说不需要了。我希望他赶快离开，我好一个人生闷气。他似有话要说，支支吾吾半天，终于说了句“真不好意思，今天让你受罪了”。

我虽然没好气，但又觉得他不过是搭车的，跟他撒气不合适，忍着没吭声。他说他和另一个助理员是下山去领物资的。他又说，那个副站长，老婆孩子过来探亲，走到雅安时孩子突然病了，住院了，他很着急，所以就……

我明白了。他果然是比我更迫切地想下山。我笑了一下（估计像冷笑），我说你去休息吧，我没事了。本来我想说，你知道什么叫欲速则不达吗？可是觉得毫无意义，住口。

这是我第一次经历预感成真的事。以前也有过，都是小事。比如有一次天快亮时我做了个梦，梦见我们开会，其中一位没来，我打电话问她，她说孩子病了，要去医院。醒来后我感觉奇怪，怎么会做这样的梦？然后我去上班，那个人果然没来，打电话去果然是她孩子病了。我不但没觉得好玩儿，还有点儿怕怕的。

每次感觉不好，我就努力不去想。当鸵鸟。似乎我们古老的民族有个说法，坏兆头是不能说出来的，说了要呸呸呸。可今天我并没有说呀，我一直忍着，只是在心里忐忑。当第二次他们拒绝我的请求时，我虽然气得要命，恨不能把脑门上那把枪扳过来对准他们，也还是忍了。不，不是忍了，是我没本事不忍。最终，是预感自己开了枪，一枪命中五个。

从客观角度分析，之所以翻车，是因为刹车失灵，刹车之所以失灵，是因为驾驶员一路狂奔，大幅度颠簸，车子颠坏了。当然，还可能是，刹车早有隐患了，驾驶员出发前没检查车况。

我的气又聚集在胸口。我觉得我还是有必要给牟主任打个电话。

刚拿起手机，副站长的电话就打过来了，好像堵枪口似的。他一上来先说了三声对不起，然后说，老师，今天实在是让你受惊了，你多多包涵。

我说，这根本不是受惊的问题，五条人命啊。你们的命也很宝贵啊！（我终于把这句话还给了他，感觉很爽。）

副站长说，是是。我已经批评了驾驶员。

我本来也认为是驾驶员的责任，但他这么一说，我又觉得不应该由驾驶员一个人担责，他是带车的，他是决策者。我说，你就不该让他这么着急赶路，下那么大雨。应该住一晚上。他说，是是。我也有责任。我当时觉得那段路很好走，哪里想到刹车会失灵。

我正想继续问责，我有无数的理由问责，忽然想起助理员告诉我的，他孩子病了，他心急火燎是因为这个。斗志立马衰退。

在我迟疑之间他又说，不过呢老师，还是要请你原谅我们驾驶员，他今天心情不好，他奶奶去世了，他是个孤儿，是奶奶养大的。他想请假回去的，但实在走不开……

斗志进一步衰退，什么责任不责任的，都塌陷了，成一盘散沙。我顿了一下说，我明白了，你放心，我不会跟牟主任说什么的。你们也辛苦了，好好休息吧。

他如释重负，和我道别。

好吧，一个是孩子生病了，一个是孤儿，没了奶奶。都有被原谅的理由，那么，只有我来做善人了。想想，也没有什么大不了的，权当是体验了一下生活吧。尤其是翻车这样的体验，可遇而不可求。既要体验，又要无大碍，得有神助才行。

再想，驾驶员在最后一刻还是理智的，他知道宁可撞山也不能掉到河里，他狠命扳方向盘，成功地把我们带进了沟里。当时左边的大渡河正咆哮如猛兽，自高而下，那流速，估计已达到每秒五米，吞噬掉我们这辆车和五个人，完全是小case。除非大渡河也像阿拉斯加河那样，瞬间冻成一条白色高速公路。

心里的怨气消掉了，便浮现出一碗鸡汤：什么是幸运？不是貌美如花，不是出人头地，不是大富大贵，而是逢凶化吉，遇难呈祥。如此，我就是个幸运的人。

突然又一个激灵：哎呀，翻车后我竟然忘了拍照！站在路边那么长时间，就知道傻傻地盯着沟里的车，这样有如神助的事，竟没能留下照片，实在是太可惜了！哪怕是一张模糊的照片也好啊。出来采访这十几天，我每天都在拍，就是今天没把相机拿出来，造成不可挽回的损失。唉，我也够呛，不是个称职的新闻工作者。

我索性拿出安定吃了半颗，好让自己放下一脑门子官司，潜入到梦乡睡个天昏地暗，以换来明天新的一天。

一刹那就让它结束吧。

6

二十年后。

这四个字的出现，应该是比较爽吧？时间飞速流逝，可以让故事情节陡然加快，可以看到物是人非的戏剧效果。

就算不追求戏剧效果，离开人类社会来看，二十年光阴在自然界的变化也是很可观的。喜马拉雅又增高了100厘米，阿拉斯加冰川又向大海移动了2600多公里（科学家说它每小时移动0.3米）。全球的平均气温又上升了0.5摄氏度左右，街道旁的杨树樟树银杏们，又分别长高了50厘米到60厘米。

总而言之，肉眼可见和肉眼不见的变化，都是巨大的。

二十年后，在一个非常偶然的场合，我见到了牟主任。

是一次新朋老友的聚会，什么名目我忘了，我们俩居然是参加者中最年长的，于是被安排坐在一起。我差点儿没认出他来，他胖了，脸形变宽增厚，五官因此跟着发生了一些位移。而我，随身携带着二十年前没有的白发，和胶原蛋白不知所终的脸，让他在见到我那一刻，也愣了一下。

然后我们都及时地叫出了对方的名字，马上握手，寒暄。

我说，牟主任您退休了吗？他说，早退了，七八年了。你呢，还在写书吗？我不好意思地说，是的，在写。每次别人这样问我，我都会觉得不好意思，好像很没出息似的。他说，那个时候我请你过来，你还是个年轻姑娘呢。我说，也不至于，那时候我也四十了。他说，你是个很认真的人，为了写那篇东西还专门跑了一趟川藏线。

“川藏线”三个字，让二十年前的一刹那，忽地拉开大幕，劈到我的眼前。雨夜，折多山，康定，副站长，驾驶员，防洪沟，大渡河，明知故翻。这些不是名词，是动词，它们奔突到我跟前，跳跃着。我甚至有些激动，今晚真是来对了，居然遇见了牟主任。

我忍不住说，那次跑川藏线，太难忘了！实在是太难忘了！

之所以这么强调，是想继续这个话题。那些埋在我心里二十年的困惑，也许可以在今天解开了。比如，那个副站长怎么样了？他的仕途没有因为车祸受什么影响吧？他的孩子应该长大成人了吧？那个驾驶员呢？即使是孤儿，也该结婚成家了吧？他不至于因为那场车祸受处分吧？挨个批是难免的。

已经二十年了，再提这事就不算告状了，借用那个术语，已经过了有效追诉期，再提不过是谈资。要说私心，我无非是想表白一下自己当年是如何包容。当然，也想打探一下他们的下落。

于是我进入了话题。我说，你记得吧？那次返回的路上，我们出了车祸，还好有惊无险，把我吓得够呛。

我满面笑容，好像在说一件好玩儿的事。

牟主任很疑惑：车祸？什么车祸？

我说，就是你请我去的那次呀，采访完了，返回的路上，刚出康定没多久我们就翻车了，栽进防洪沟。

他依然一脸茫然：翻车了？我怎么不知道？

你不知道？我提示他，就是我采访结束的最后一天，你让一个副站长送我下山，我们从塘坝一路开到康定，晚上八点的样子，下大雨，我们下山的时候刹车突然失灵，就翻了。

他还是茫然。

我继续提示：后来我搭了一辆过路车返回康定，在康定住了一晚上。副站长他们处理了车祸后，第二天从雅安重新找了个车，把我送回成都的。

牟主任的脸上，始终没有出现我期待的恍然大悟的表情，他沉吟片刻说，我确实不知道。我记得他们当时跟我说，你已经完成线上的采访了，要回家写作，写完了再和我联系。我就没打扰你。

这回轮到我茫然了。一刹那再次闪过我的脑海。那么清晰的深刻的事，只有我记得吗？难不成，那个让我终生难忘的一刹那，是我臆想出来的？难不成，那电影镜头般的一刹那，被彼时彼刻的狂风暴雨吹散到了大气层？不不，不可能。

牟主任端起杯子离开了座位，融进眼前热腾腾的气氛里。涨红的脸，喷出的酒气，满桌的菜肴，以及众声喧哗，与我脑海里的场景完全不相容。我仿佛入定。有个声音对我说，一刹那的事情，只存在于一刹那。此地此刻也不过是一刹那。二十年的岁月在宇宙中也不过是一刹那。你是一刹那里的尘埃，但你曾高高扬起。

于是，我也端起了酒杯。

听一个未亡人讲述

这次真的避不开了。

前两天在路上遇见过，詹月很远就看到她了，于是迅速遁入路边一家超市，避开了。这回可是碰了个正着。这么频繁地相遇，她是搬回来住了吗？她不是在那边定居了吗？

电梯里，还有好几个人在。詹月和女人之间隔着一个男人，但她们已经看见了彼此，互相点头。詹月先开口说，你回来了？女人回答，回来好几天了。从她的目光看，她并不知道詹月曾躲开她，眼里是久别见面的单纯笑意。毕竟，她们曾经是邻居。

詹月想，等会儿出了电梯，她肯定会聊一会儿的。不如自己先主动。于是一出电梯，身边人一走开，詹月就低声说，你们怎么没通知单位呀？我们一点儿都不知道，知道的时候听说后事已经办完了。女人说，这是老廖的意思，他说不要打搅单位，一切从简。哦，这样啊。詹月说。其实她心里是暗暗高兴的。如果通知了，她真不知道怎么前去吊唁。听说他连骨灰都没让带回来，安葬在那边了。真洒脱。

那你还过去吗？詹月说的“过去”是指去澳大利亚，他们女儿在那里读博士，他们夫妻俩这些年一直在陪女儿，所以他是在悉尼过世的。女人说，要去的，我回来处理一些事情，过一个月就回去。女人晃了一下手里的大信封：我刚才就是去办手续，挺麻烦的。

詹月莫名地松口气。女人又补充说，我们女儿已经结婚了，女婿就在那边工作，买了房子。

哦，那挺不错的。詹月说。看来她是要彻底离开中国了。真是快，她女儿竟然结婚了，她最后见到那孩子时她还在读中学，穿件蓝白相间的校服，大垮垮的，走路也没个样子，正处于成长中的尴尬期。

女人说，你有空吗？我想跟你说说他后来的情况。

詹月说，好的呀。我正想问问呢。但她还是有意看了一下手机，表示自己是有安排的，勉为其难的。

女人说，那去我家吧。詹月有些意外，为什么不站在那儿聊呢？去她家，是要坐下来长谈？还是，他给她留了什么？这后一点让她略微有些紧张。不会吧？

女人解释说，家里有网络，方便些。詹月还是不明白，谈话为什么需要网络，也只好跟她走。好在詹月知道她家不远，就在院子里。

早些年他们曾经为邻，是老式楼房，詹月住六层她家住三层。后来单位修了电梯公寓，他们就搬了。詹月因为是单身没有分到，继续爬六楼。再后来她嫁给现在的丈夫，就搬出去了。

女人年轻时是出了名的美女，单位好事者评选大院里的五朵金花时，女人名列其中，甚至入了前三名。现在虽然老了，五官依然好看，高挑的个子也没有弯腰驼背。当然，他和她很般配，高大帅气。夫妻俩走在一起就像影视剧里的夫妻。

但詹月不喜欢这个女人，这种不喜欢并不是因为他，是女人本身。这女人俗气而缺乏教养，詹月有一次上楼，女人正打开门扫地，很自如地将家里的垃圾扫到走廊上，然后拍拍扫把就进屋了。还有一次走在路上，女人在前，詹月目睹她将一口痰吐在地上。这样没教养的女人詹月最厌烦，五官再美也是暴殄天物。詹月甚至在他面前吐过槽，“她这样也有损你形象呢，你要说说她”。他苦笑一下说，唉，刚结婚时我没少说，这么多年了也没扳过来。

其实这些还属于小毛病，女人的大毛病是经常背着丈夫收受礼物。他在单位算个中层干部。女人虽然背着他收，但送了礼的人哪肯做无名英雄，肯定是要告诉他，指望他办事的。他一直很谨慎，所以反复告诉她不要收，你这样是害我懂吗？但她还是忍不住。而且她还酷爱打麻将，在麻将桌上，也没少捞油水。

在詹月看来，女人实在配不上他。他几近完美，长得帅不说，气质也很儒雅，开会不啰唆，不打官腔，说话有内涵，还风趣。最重要的是，他眼里有那么一点忧郁。单位里的年轻女性说他像陈道明。因为这个，詹月原谅了自己，充当了那样一个角色。

进门，女人招呼詹月在饭厅的桌边坐下，自己也随之坐下，并没打算去倒杯水什么的。这样也好，詹月想，说完好赶紧走人。茶几上丢着盒抽取纸，一个吃了一半的手撕面包。现在又增加了一串钥匙，一个零钱包。墙角放着两箱矿泉水，一塑料袋水果，显然是才买的。整个房间弥漫着一种随时要被抛弃的寂寥气息。

詹月环顾了一下客厅，看到了沙发上方挂着的大幅照片，是他们夫妻二人的，不知何时拍的，年龄不老不少，笑容和装束都是标配。他站着，她坐着。千千万万个中国家庭都有类似的照片吧，看来他也不能免俗。

女人拿出自己的手机，开始翻微信。一边翻一边说，我给你看看照片。有好多照片，有老廖住院的，还有后来举行葬礼的。

难怪需要网络，她要翻微信。詹月一方面松了口气，一方面感到好笑。她的手指一个劲儿划拉，找到他们家的微信群，进入，继续用指头朝上划，使劲儿划。一边划拉一边说，我给你看，有好多照片。

詹月建议说，其实你可以把那些照片存到手机里，这样就不用每次都打开网络找了。她似乎没听懂，说，我女儿已经保存在她手机里了。我不需要保存了。我进到我们家群里就可以看到。

詹月知道这女人比自己大十二岁，刚好一轮，但从现在这个细节看，像是比老妈还大，老妈玩儿手机都比她溜。她对手机使用的陌生程度像个老年人。詹月心里撇撇嘴。

她还在划拉手机屏幕，用指头去翻阅过往的日子。一想也是，他去世已经大半年了，这大半年，一家人不知又聊了多少天，积压上去多少日子。詹月扭过脸去，看到了墙上的他，连忙转回来。当时听到消息，她一阵心悸，一个人偷偷跑到河边走了很长时间。接下来好几天，心里都隐隐难受，再后来，就淡了。不淡也得淡，日子如水时时冲刷着，什么都冲淡了。

她的指头还在屏幕上划拉着，詹月忍不住再次建议，其实你可以把照片下载保存在手机里，这样每次想看的时候就不用翻微信了。

詹月很想把她手机拿过来替她操作。

女人依然没听明白，重复说，我女儿保存了的，我不用存。詹月放弃了，让她去翻吧。她看着女人，女人的五官真的很好，即使皮肤松弛了，她的脸上出现了三个“八”字，眉宇间一个倒八，眼窝下和鼻子两侧两个正八。但那双眼睛还是丹凤眼，鼻子还是高挺的，岁月并没有让它们走形。年轻的时候她肯定像明星一样美。所以，无论多么俗，多么贪心，他还是娶了她。

曾经有一段时间，他下决心要离开她，不是为了詹月，是他自己受不了了，他说他宁可净身出户。事情的起因是女儿，女儿要去外地上大学了，女人就到处通知，他的部下，还有亲戚。当时他正面临职务调整，需要小心谨慎，她这么做很让他窝火。他说她，她却不以为然，收下的东西坚决不肯退。

最终，却不了了之。

终于，女人翻到了大半年前的照片，将手机递到詹月面前，当然并没有交给她，只是举着给她看。詹月一眼看到了他，他老了，真的老了。头发花白，不过笑容依然是亲切的熟悉的。一刹那，往事堵住喉咙，詹月觉得鼻子发酸。其实他们分开已经快十年了，远远超过了他们在一起的时间。尤其这三年他去了澳洲，几乎完全断了音讯，为什么还会难过？

这是我们刚到悉尼的时候拍的，女儿带我们出去玩儿。女人丝毫没有察觉，用快进的方式划过那些他们游玩的照片，悉尼歌剧院，海边，公园，突然，她在某一张照片停住了：看嘛，这是老廖第一次去医院检查的时候拍的。

一个像公园一样的环境，他站在干净的阳光下，一手插裤袋，一手拿烟。这是他的习惯动作。但看上去气色已经有些差了。

詹月问，他到底是什么病？

女人说，起先是肺气肿，我们之所以去澳大利亚，就是想那边空气好嘛，去那里检查发现已经是肺癌了，但他不愿意手术，因为医生说，手术的成功率也不高。他不想挨那一刀。我们就尊重他的意思嘛。

詹月想，是的，他胆子小。

女人说，我们女儿给他联系了一个专家，特别厉害的，做放疗。他们的放疗水平很高，针对性很强，没什么副作用。而且每次做放疗，医院都会为他找一个医疗翻译，一小时五十澳元，其实就十几分钟的事情，但是要按两小时算，两小时就一百澳元呢。不过虽然贵，那个翻译很尽职，每次都提前到，等他。他一句英语也不会，女儿又没时间陪他，他一个人像哑巴一样。

詹月想，你为什么不陪他？

我晕车，去一次难受两天，女人仿佛猜到詹月心思似的说，反正有车送他。但是他嘴太笨了，去了三年一句英语没学会，去超市买东西，女儿不在的话全靠我，哪家店搞sale（大减价），哪些商品是buy one get one（买一送一）。刷卡、退货什么的，我都没问题。

女人很顺溜地蹦出两句英语，看来她的语言能力的确不错。

一张她和他在超市的照片出现，两人推着手推车，显然是女儿拍的，车里堆满了东西，詹月注意到有一大袋橙色的胡萝卜。

女人指着胡萝卜道，我们女儿对爸爸太好了，她打听到一个偏方，说每天打胡萝卜汁喝，一天喝一公斤，可以消除癌细胞。他就坚持喝了两个月，真的有好转，但是胃受不了了，开始胃痛。他就不肯喝了。我们女儿对她爸爸真的太好了，一般人都做不到，每天一早要去学校，为了给她爸爸打胡萝卜汁，早上五点半就起床，打好胡萝卜汁才去上课，坚持了两个月呀。

詹月想，那你在干吗？让你女儿那么辛苦。

詹月再次确认，她的确是个被丈夫宠坏的女人。就因为漂亮吗？他们在一起时他时常跟詹月发牢骚，说她文化不高，做了几年售货员，商场倒闭就不再工作了，成天在家待着，可也不喜欢做家务。一无聊就逛街买东西。

我简直没法跟她说话，一句都说不到一起。他这么抱怨过，她要么唠叨，要么就听不懂我在说什么。除了打麻将逛街去美容院，其他什么兴趣都没有，不要说看书，连看肥皂剧的兴趣都没有。唉。

又出现一张照片，他在院子里给花草浇水，装模作样的，朝镜头笑着。整个人都松垮下来了，岁月毫不留情地丑化了他。

女人说，他做放疗后有一年都挺好的。但是去年下半年复查，医生说转移了，要他住院。他不想住，我劝他，他跟我发火，声音好大好大，简直是咆哮，把隔壁邻居都吓到了，过来敲门。

他还会发火吗？詹月说，他在单位上脾气很好的。

哪里呀，他脾气才不好，在家经常发火。发火的时候，还用脚踢门，还朝我扔东西。特别是你们单位出事的时候，更吓人。有时候我看他下班回来脸色不好，就赶紧去打麻将，或者去逛商场，逛到晚上要睡了才回家，免得他找我碴。

詹月很是意外，脑海里浮起那张总是微笑的脸。他真的会那么暴躁？难以想象。也许是她夸大了，渲染了。跟所有妻子一样，黑丈夫是一种本能。

后来还是我们女儿做他的工作，他才去的，他就是听女儿的，女儿是他的上帝。

女人又翻到一张照片，他靠在床上，面露微笑，居然还比了一个剪刀手。傻傻的。也许是想给自己打打气？其实算起来，他还不到六十岁。怎么会生这样的病？真的是抽烟太多的缘故？他抽烟实在厉害，即使和她一起，也控制不住。

女人继续说，哎呀，那个医院条件之好，太好了。不光是伙食好，每天还有两餐水果。老廖说比他在国内住高干病房的条件还好。医生护士说话都细声细气的，帮他洗澡换衣服，还帮他解手，不管做什么，不管好复杂的事情，都不让他感到有一点儿疼痛。他心满意足。他那个病房里的墙上贴了张图，是疼痛指数，从1到10。他疼的时候，医生问他到了哪一级？他就指9。医生笑了，说9是女人生孩子的疼痛，很难忍的，看他那个样子，应该没那么厉害，大概是4级。

女人笑起来，詹月也忍不住笑起来。他的确是个怕疼的人，有一次他们单位运动会，他作为领导要带头，不得已参加了拔河，接下来的几天，他都跟她说，胳膊好疼，腿好疼。

女人滔滔不绝地夸赞医院，语气里的满足让她的声音提高了不少，青黄色的脸也略略有了些暖意。

跟着，一张摆满菜肴的照片出现了，接着是七八个人的合影。

女人说：今年春节前他出院回家了，他姐姐一家也在悉尼，我们两家一起过的年。当时大家都感觉他好多了，医院检查也发现各项指标都在好转，他天天闹着出院，我们就接他回家了，我们谁都没想到他会那么快就走。

春节刚过，还没到元宵节，那边已经很热了，女人说，那天早上我们女儿起床，去跟他打招呼（难道他独自睡吗?）发现他脸色很差，说胸口有点儿闷。我们女儿很警惕，一边让他躺在沙发上不要动，一边马上打了急救电话。

詹月想，没想到女儿这么孝顺。

詹月一直对他女儿不以为然，有一次他们约好下午在星巴克见面，他却突然打电话说来不了了，女儿在学校肚子疼，要他送卫生巾去。她惊讶得说不出话来，学校附近就可以买到这东西，至于要老爸跑一趟吗？他解释说女儿只用那个牌子，小店没有。她妈妈呢？这种事情不是该妈妈做吗？“她妈妈去美容院了。”

詹月不由得同情起他来，一个娇懒的老婆就够受了，又来个娇气的女儿，一个看上去英俊潇洒的男人，在家却像个仆人。

不过对这个女儿的不以为然，今天了结了。

急救中心二十分钟就到了，之快。一直开到我们门口。女人说。

詹月在女人的手指下，看到了几个穿橙色衣服的人抬着担架，一辆救护车停在一栋楼前面。女人指头继续滑动，出现了好几张同样场景的图片，担架，救护车，医护人员。

詹月好奇，那种情况下，是谁拍的照片？如此淡定。

女人说，一分钱都没要我们出，就把他送到医院去了。还是他原来住院的那家，条件之好。

詹月忍不住问，后来呢？

女人说，送医院的路上他就昏迷了，到医院没抢救过来，当天夜里走的。我们哪个都没想到，他说走就走。他一直是肺的问题，最后倒还走到心脏病上。我们哪个都没想到，真的，太突然了。

女人这样说，声音略略有些哽咽。

詹月想，毕竟还是老夫妻。她安慰说，这样也好，免受折磨。

女人点头，是，他倒是痛快。

她继续滑动手指，屏幕上出现了堆满花圈的房间，中间是他的大幅照片，这照片詹月很熟悉，应该是他的标准照，单位的橱窗里也挂过。头发黑黑的，脸上的笑容似有似无。他好像看见詹月了，嘴角微微动了下：也来不及跟你告别。

詹月努力发声，不让自己陷入：那个，那边也要开追悼会？

女人说，不是，就是一个告别仪式。我女儿给他办了一个特别好的告别仪式，还做了幻灯片，那天来了好多人，女儿的同学、老师，我们小区的邻居，我们小区华人很多。他这个人跟谁都笑眯眯的，人缘好，不过我的人缘也好的，我们收到好多鲜花，没有送假花的，都是鲜花。后来摆不下了。我们只好租一个大房间来放。他住院一分钱没花，我们就给他买了块很好的墓地，连同葬礼，一共花了三十万人民币，那个墓地很上档次。

这是她第二次说他住院没花钱了，詹月注意到了，便问，住院没花钱，是因为你们买了医保吗？女人没有回答，继续说葬礼。

你看嘛，葬礼特别先进。女人用了“先进”这个词，给她看视频。

詹月只好看视频，一具黑色的棺木被升降机缓缓送入坑内，然后，周围的人一一上前放入鲜花。詹月看到了身边的女人，在她女儿的陪同下第一个走上前去，女人和女儿都穿着黑色连衣裙，让她意识到，事情发生在南半球，三月在那里是夏天。然后，众人一一跟上，放入手中的白花，好像是玫瑰，不像国内是白菊花。接下来盖土，还隐隐传来钟声，那应该是丧钟吧？丧钟缭绕，众人离去，真的跟电影一样。

他独自留在了泥土里。

接下来，会腐烂，消散，最后杳无踪迹。

詹月脑子里莫名其妙地出现一段话：热力学第二定律真是一个残酷无情的发现——宇宙中所有的事物无限趋向于混沌。人从出生、成长，到衰老、死亡，无限地趋向于解体，腐烂，化为细胞，在土中或空中消散；树和草也是这样；就连石头沙子也不能幸免。你可以想象这个过程像一场巨大的泥石流，摧枯拉朽，把一切可以称为美的东西消灭得干干净净，杳无踪迹，就像它们从未存在过一样。所以，各位没必要太在意那些貌似很重要的东西，它们迟早都会消散的，包括我们自己，消散得无影无踪。我们只存在于过程中，享受过程就好。

这是某一次开会时他说的，当时单位评职称，有点儿刀光剑影的气氛，他温和地奉劝大家。詹月就是因为这段话爱上他的也说不定，甫入社会就遇见那么一个有学识又帅气的领导，让她毫无抵抗力。

那个墓地很高档，女人的声音把她拉了回来。一般人都不选那儿，嫌贵，如果是普通墓地，一两万澳元就够了。但我们女儿说，就是要让爸爸享受高档待遇。

是双墓穴吗？詹月脑子里冷不丁冒出这个问题，但没有让它出口。

他就这样留在了异国他乡，算高档待遇吗？他的亲人同事朋友，含詹月自己，连去墓前合十悼念的可能也没有了。是他本人的意愿吗？估计不是，他没料到自己会忽然走掉。

这些念头，也没有脱口。

但詹月知道，他退休的时候是失落的，曾经有段时间都在传闻他要提升，却不料没戏。他在那个位置上蹲了整整十年。他不让家里通知单位，也许是心里有些怨艾吧。

女人的手还在屏幕上划拉，是一部分朋友发给她的唁电和悼念短信，其中有几位詹月都认识。显然他们一直保持着联系，不像詹月，断得那么干净，连逢年过节的短信也没有了。她注意到女人的手指在某一条短信处停留了很长时间，嘴里反复说，好多人发短信，看嘛，好多人。但手一直停在那一条上，詹月定睛看，原来是夸她的：你的女儿孝顺懂事，你的妻子美丽贤惠……

听完全部情况，詹月觉得自己必须说几句了，说几句女人想听的话，否则这场汇报会结束不了。于是她表达了如下意思：

他临去世前能得到这么好的治疗护理，也是不幸中的万幸了（她想到了自己的老父亲，有些羡慕，但马上又想到了更多的更糟糕的人，命运就是这样，哪有公平）。女儿这么孝顺，你又对他这么好，他应该感到很安慰。

女人连连点头。

詹月又加了一句：他是个好人，也算是有一个好报了。

女人又点头，然后说，就是自己被折磨得够呛，瘦了很多，差点儿病倒。

真的，我被折磨惨了，这半年才刚刚缓过来。她反复这么说，詹月才意识到，女人确实消瘦不少。

你确实瘦了。詹月用肯定句安慰她。

女人说，他倒是一走了之，一点儿罪没受，罪都让我受了。唉，本来以为他退休了，不当那个狗屁官了，我可以过几年舒心日子，哪知道一退休他就查出病来了，一天好日子也没过到。要不是为了他，我根本不想去澳洲的，那边一点儿都不好玩儿。

女人开始抱怨，好像写鉴定写到了末尾，必须写几条缺点。

詹月忽然说，他一直对你很好。

女人撇嘴：哪里好啊，脾气暴躁得很，在外面笑眯眯的，在家总是秋风黑脸的，什么都要依着他，连吃面条还是吃饭都要依着他，他从来也不陪我逛街，不陪我打麻将，他这种老公，就是个名分。

詹月感到诧异。

詹月最后一次见到他，是那次大地震之后。最初的慌乱一过去，她就拼命给他打电话，却总是打不通。要么通话中，要么无人接听。这让她感觉很不好。当然，她知道他们这个城市没有大碍，只不过在那样的时刻，就是想听到他的声音，或者，也想听见他安慰自己，问一句，你没事吧？还好吧？

第二天她从父母家返回单位，单位里乱麻麻的，他不在办公室。以前詹月是不去他办公室的，他们两个好了那么多年都没传出绯闻，全靠双方小心谨慎。但那个时候她顾不上了，见人就问，有没有看见廖局？她跑到他家那栋楼附近转悠，楼下的花园里支起了很多小帐篷，五颜六色的，显然，昨晚大家都没敢在房间里睡觉。忽然，她看到了他。他头发蓬乱，坐在一个白色的小帐篷外面，还用手掖了掖帐篷边缘，好像怕风钻进去似的。那个帐篷太小了，显然只够一个人躺下。那里面，百分之百躺着他老婆。

她直盯盯地看着，他发现了，赶紧站起身走了过来，眼泡浮肿，眼角竟然还有一小粒眼屎，青黄的脸色上，散落着惶惶不安的神色。已经完全跟陈道明不沾边了，就是一个半衰的老头儿。

他浮起讨好的笑容，有些结巴地说，她，她一晚上没睡，刚刚睡下。你还好吧？

詹月说，怎么不接我电话？

他说，那个，手机落家里了。今天早上才拿出来，又没电了。

詹月想，显然，他从没想过要给自己打个电话，发个短信，他从没想过问问她是否还好。关键时刻，他最关心的还是自己老婆。

那一刻，詹月竟有些如释重负的感觉，她终于不用再纠结了，可以松开这个保持了三年关系的男人了。

她转身离去。

让她不解的是，他竟然也在那之后不再与她联系了，是知道她生气了，还是……他们再见面，就是彼此无感地点头，好像大地震震断了那根纽带，而且断得整整齐齐，一丝纤维也没连着。

想到此，詹月笑着对女人说，我记得大地震的时候，他让你睡在帐篷里，他守在帐篷外，就跟父亲一样。

女人稍稍愣了一下，笑起来：哎哟，别提大地震了。你都不晓得他当时有好狼狈。

女人眉开眼笑：那天我刚午睡醒来，一摇晃我晓得是地震了，就大声喊他，他没答应，我以为他上班去了，起来一看我们家大门敞开着，一只拖鞋在门外，一只皮鞋在门里，我就晓得他刚跑。我回去拿了手机，拿了钥匙，关了气，关了电闸，然后拎着他那只皮鞋，从楼梯一层层走下来。有啥子好怕的嘛。我走下楼的时候，看见他坐在门前空地的地上，靠着树，一只脚拖鞋，一只脚皮鞋，脸色惨白惨白的。我忍不住笑了，他一点儿也不笑，呆呆的。我走过去叫他他不动，好像吓傻了。我拖他起来，他马上又坐下去，整个人像堆泥巴。没办法，那天下午我一个人跑来跑去的，先去他父母家看他父母，父母都没事，然后去买帐篷买水买干粮。到天黑他缓过来了，还是有气无力的，我只好搭起帐篷，让他躺到里面去睡。我坐在外面。天快亮的时候他醒了，好像回过神来了，特别不好意思，叫我进帐篷里去睡。我简直没想到他会吓成那样，我也知道他胆子小，但没想到会小成这样，基本就是没胆子。哈哈。笑死我了。后来他生气了，我不敢再笑他了。不过也是奇怪，那次地震后他像变了一个人，很少跟我发火了，还主动陪我转了两次街，也好，也好。

女人边讲边笑个不停，笑完了又抹了下眼角，眼角是湿的。她居然黑丈夫黑出了感情。

詹月一路听下来，有些发蒙，好像又经历了一次地震。晃，晃。但她觉得自己必须说点儿什么才是。

说点儿什么呢。

她干笑了一下，说，好快，马上就要十年了。

图书在版编目 (CIP) 数据

路遇见路 / 裘山山著. — 北京 : 北京十月文艺出版社，2023. 5

ISBN 978-7-5302-2302-4

Ⅰ. ①路… Ⅱ. ①裘… Ⅲ. ①短篇小说—小说集—中国—当代 Ⅳ. ①I247.7

中国国家版本馆 CIP 数据核字 (2023) 第 069723 号

路遇见路
LU YUJIAN LU
裘山山 著

出　版　北 京 出 版 集 团
　　　　北京十月文艺出版社
地　址　北京北三环中路 6 号
邮　编　100120
网　址　www.bph.com.cn
发　行　新经典发行有限公司
　　　　电话 010-68423599
经　销　新华书店
印　刷　北京盛通印刷股份有限公司
版　次　2023 年 5 月第 1 版
印　次　2023 年 5 月第 1 次印刷
开　本　880 毫米 ×1230 毫米 1/32
印　张　11
字　数　190 千字
书　号　ISBN 978-7-5302-2302-4
定　价　52.00 元
如有印装质量问题，由本社负责调换
质量监督电话　010-58572393